图书在版编目(CIP)数据

无名之地 / 卢一萍著. -- 北京：中国言实出版社，
2022.10

（实力派 / 晓秋主编）

ISBN 978-7-5171-4213-3

Ⅰ.①无… Ⅱ.①卢… Ⅲ.①中篇小说—小说集—
中国—当代 Ⅳ.①I247.5

中国版本图书馆CIP数据核字（2022）第181061号

无名之地

责任编辑：张国旗

责任校对：张馨睿

出版发行：中国言实出版社

　　　　地　　址：北京市朝阳区北苑路180号加利大厦5号楼105室

　　　　邮　　编：100101

　　　　编辑部：北京市海淀区花园路6号院B座6层

　　　　邮　　编：100088

　　　　电　　话：010-64924853（总编室）　010-64924716（发行部）

　　　　网　　址：www.zgyscbs.cn　电子邮箱：zgyscbs@263.net

经　　销：新华书店

印　　刷：北京温林源印刷有限公司

版　　次：2023年1月第1版　2023年1月第1次印刷

规　　格：880毫米×1230毫米　1/32　7.25印张

字　　数：175千字

定　　价：68.00元

书　　号：ISBN 978-7-5171-4213-3

目　录
CONTENTS

001／　大　震

077／　无名之地

143／　巴娜玛柯

164／　哈巴克达坂

196／　白马驹

220／　代　跋
　　　我写的是大地上的"微尘众"
　　　　　——答作家李黎问

大　震

一

　　谭乐为的女友金悦娴在西郊幼儿园当老师，为了爱情，他申请从羊市街派出所调到西郊看守所去工作。前几天接到通知后，他把工作交接了，今天一大早他就开车前去报到。

　　因为要途经西郊幼儿园，所以他决定顺路去看看金悦娴。女友喜欢花，所以他昨天下午就买好了一束百合，在家里养了一夜，今天早上大多开了，车里弥漫着百合的花香。

　　成都这座位于北纬30度的西南大城虽非春城，但不同的季节有不同的花，即使冬季，也有茶花、桂花和蜡梅，满城都是后两种花香，感觉所有东西都沉浸其中，有了殊异的香气。在一种微寒里，那种香气格外分明、尖利，带一枝桂花入室——或白色，或金色——二者香气差别不大，金桂更馥郁一些，虽只有十数点微小的花朵，却足以满室生香。

一座有太多花的城市，会把女人养育得格外妩媚。金悦娴到成都虽然只有五年，但也有了成都女人的韵致。她接过谭乐为递给她的百合，放在鼻子前闻了闻，把花香深深吸入肺腑，再呼吸出来，她的气息也就有了百合的芳香。

这种香气的源头自然是从泥土中生发出来的，通过根、茎，聚集于花朵，再通过他的手带它来，传递到她的手中，再入她的肺腑，与她的气息一起，进入她的鼻腔，入她心中珍藏，这种花香算是完成了自己的旅程。她喜欢这种香气，有些陶醉。

金悦娴闻了花香之后，双臂挂在谭乐为的脖子上，热情地吻他。她百合的气息使他们的吻格外深情。他爱她，其中至少有很大一部分是爱她呼出的气息。

要长久地爱一个人，迷恋对方身上的某种东西很重要——比如微笑中的一缕、双唇相触的瞬间、眼波的一次闪烁。如果你所爱的人是一个星体，打动你的可能只是一个如同尘埃般微小的部分。其他的都会变化、衰老，甚至死亡，而这个微小的部分会不朽。

两人的身体分开后，她把那束百合插进花瓶里："你今天就要去报到？"

"是的，一想到从此离你这么近，我就激动得不行。"

"在市里面工作多好，这里这么偏僻。"

"有你在的地方就是世界上最好的地方，就是仙境。"

金悦娴甜蜜地笑了："一个警察的嘴这么甜，怎么去管犯人啊？"

"我说的都是真心话，何况，你又不愿当我的犯人。"

"看守所的工作跟派出所肯定不一样，你去了还得好好适应。"

"是不一样，不过我这个人如此聪明，很快就会适应的。我警校一个同学就在那里工作，他说明天就有一个人要被执行死刑。"

金悦娴有些惊讶："不会让你去枪毙人吧？"

"死刑不由我们执行。"

"那我就放心了。"

金悦娴拿出事先准备好的谭乐为喜欢吃的牛肉干，喜欢喝的咖啡和牙膏、香皂、洗面奶等日用品，递给他。"我还给你准备了一样礼物，你猜是什么？"

"亲吻。"

"已经给了。"

谭乐为指了指卧室，努了努嘴。

"光天化日的，不给。"

"那我猜不出了。"

"闭上你的炯炯眼。"

谭乐为顺从地闭上眼睛。感觉金悦娴身上的香气转过了身，然后又很快回到了他面前。

"可以睁开眼睛了。"

他的眼前是一个精致的玻璃缸，里面一对红色的小金鱼正欢快地游动着。

"漂亮吗？"

"我知道你喜欢养金鱼，但每次养死了你都会难过半天。"

"这次是送给你来养的，看守所里生活单调，让它们陪着你。"

"啊？我来养啊！"他有些为难，但又怕负了女友的一片深情，赶紧说，"谢谢你，亲爱的。只是，我抱着这个鱼缸去报到是不是过于另类？"

"这样的警察才酷嘛。让小金鱼陪着你，到了看守所，要照顾好自己。"

"亲爱的，放心吧。"他吻了吻她，"我得走了。"

"我会去看你的。"

金悦娴把他送到楼下。谭乐为小心地捧着金鱼缸，上了自己的野马牌SUV。

二

谭乐为熟悉这个位于城西的看守所，他以前曾有几次把嫌犯送到这里。看守所东边是一望无际的城区，无数极具现代感的高楼挺立在钢筋水泥旷野中；南北两面的城区正在扎根、漫延，还可看到成都平原的影子；西面的田野一直延伸至青城山下。看守所看上去像个花园，每一棵树、每一株花、每一丛草都经过精心修剪；似乎每一缕空气、每个人的呼吸都是经过规整的，没有一丝凌乱。浓荫匝地，进入其中，外面的湿热顿时变成了阴凉。

他把车停好，去找陈德海所长报到。陈所长四十六岁，身坯敦实，圆脸、大耳、阔嘴，眼睛不大，却很有神，一看就是个性格爽直的人。他递给谭乐为一支"宽窄"，谭乐为客气地说："谢谢陈所，我不会抽烟。"

"不抽烟好，我是戒了三次都没有成功，你到监管办公室吧。在这里干警察，跟你过去做刑警可不一样，不过，你很快就会学会的，有什么困难随时跟我说。"

"Yes，sir！"谭乐为学着香港电影里香港警察的样子说完，给他敬了个礼。

陈所长安排协警王凯带谭乐为到监管办公室。回到车前，王凯帮他拿上行李，他小心地端着金鱼缸。王凯看着他，又看了看他手里的鱼缸，有些惊讶。谭乐为朝他笑了笑，王凯赶紧说："鱼缸很漂亮，鱼也很漂亮。"

高墙、电网、铁门、全副武装的武警，没有树，没有花草，蝉鸣也被高墙隔绝了，不时传来监管人员的一声呵斥。外面是社会，这里是监舍，完全两种氛围。谭乐为快到巡控办公室门口时，一个高个子警察已站在那里等他。

王凯赶紧对谭乐为说："那是我们监管办的头儿姚小川，已在等着迎接您呢。"边说边不由得殷勤地加快了步子，走到了谭乐为的前面。

谭乐为快步跟上，来到姚小川面前。王凯刚要介绍，姚小川一挥手，"我已经知道他了。"双手往后一背，用目光盯着他用左手环抱的金鱼缸。金鱼有些紧张，在里面快速游动。

谭乐为抬起右臂匆忙敬礼。姚小川没有还礼，仍背着手盯着他。他不由得把身体挺得更直了。王凯一看，赶紧溜进了办公室。

"带着两条鱼上班来了？"

"是的，是那个……"

"是什么？总不会是你爱心爆发，在街上捡的流浪鱼吧？"

"鱼一般都在河里流浪。"

"哦，你知道啊？这里是看守所！"

谭乐为有些崩溃。"女友非得让我带上，说是爱情的象征，两条鱼不能有什么意外。"

"看来这两条鱼不是凡鱼。你负责 9 号、10 号监舍。注意，9 号是关押重刑犯的！"

"啊？是不是明天就要伏法的那个？"

"就是，明天就要执行了，虽然戴着械具，还是要盯紧些。明天晚上十二点之前，你都在办公室值班。"

"明白！"

谭乐为来到办公室，王凯在这里等他。

"头儿不好惹啊。"

"抱着鱼缸来上任，应该是前所未有，头儿显然是被惊着了。"

谭乐为笑了，把鱼缸放在办公桌上，对着两尾鱼说："哎呀，你们这对小冤家，一路跟我受尽颠沛之苦，刚才又被头儿惊吓，真是对不起啊。"

空调开着，是让人感到适宜的 26℃，监控屏可看到监舍的角角落落和每个犯人的动作表情。窗明几净，地板发亮，烟灰缸、水壶、每一份文件、每张纸都放在该放的位置。

"这里看上去比派出所正规多了。你帮我把这办公室收拾得这么整洁，我都不习惯了。"

"我哪儿有这闲工夫，找两个犯人来，半小时就收拾好了。"王凯给谭乐为泡了一杯茶，又给自己的水杯添了水，猛喝了一口，咕咚咽下，接着说，"陈所见不得乱，有人说他有洁癖，所以他来后，全所成了成都最整洁的，所以你这个鱼缸……"

"我的鱼缸怎么了？"

"最好不要让他看到。每个办公室该放什么东西，每样东西该放哪个位置，都有规定。"

"我明白了。我把它先放这里，等会儿就把它拿到外面去。"

"你明白就好。"

"说说9号监舍。"

"陈尔璧，死刑犯，41岁，原是很有名的外科医生，医学博士，真正的知识分子，妻子梁惠芝，美女，比他小八岁，在大学教书。他们相爱四年后结婚，两年后，陈尔璧发现妻子与一个老板在一起，抓了现行，把他妻子和那个人都杀了，因此判了死刑，准备在明天下午三点行刑。这人文质彬彬的，听说医术好得很。"

"这个案子我在网上看到过，没想到明天要执行的是这个人。"

"死刑判决书下来后，陈尔璧曾找过我们和他一起研究，看有没有一线生机。找我们研究，其实一点用也没有。只是面临死亡，见到一根羽毛，也希望它能带着自己漂到岸上。"

"走，我们去看看。"

与监舍相连的是十多平方米的放风区域，天空被钢网分割成了无数细小的方格。但这里毕竟是可以看到天空的地方。10号监舍关押着26人，铁门打开后，坐在"龙板"（床板）上的犯人坐得更加端正了，原先站着的、担任安全员的犯人也垂手站得笔直。里面没有一点声音，似乎他们的呼吸都停止了。陈尔璧关押在9号监舍，和他关押在一起的，还有13个即将释放的轻刑犯，小偷杨耀东明天就将获释。

陈尔璧戴着眼镜，衣着整洁，皮肤白净，拖着脚镣在监室里不停地走动，脚镣叮当，犹如死亡的叹息，这对同一监舍犯人的心理和神经，都是一个考验。

陈尔璧见了谭乐为，走到铁门跟前，谭乐为看到他镜片后面的眼睛里隐藏着忧伤和恐惧。他张开嘴巴对谭乐为说："听说枪毙我的时候，你们要求张开嘴巴，让子弹从嘴巴里出来，不然，脑袋就会被打得稀烂。我不想那样，我怕母亲见了伤心。"

谭乐为听了，心里颇不是滋味，对他说："现在一般都是用药物的。"

"我有最后一个请求，麻烦给我母亲打个电话，她上次来看我的时候，说希望见我最后一面，政府应该通知她了，但她还没有来，我怕她赶不上见我了。她没有手机，但我们邻居张大富有，麻烦您记一下。"

谭乐为掏出手机，把他说的号码记在了手机里。"您放心，我等会儿就联系。"

陈尔璧连说了两个谢谢，然后转过身去，他的背影显得格外单薄。

谭乐为突然觉得有些难受，转身回到办公室，就赶紧拨那个号码。电话拨通了，却没有人接。他接着拨了好几次，终于听到了一个男人的声音："你找哪个嗬？"

他刚才没有问陈尔璧母亲的名字，只好说："我找陈尔璧他母亲，也就是他娘。"

"她前几天就出发到省城去了。"

"麻烦你告诉我一下，具体是哪一天啊？"

"她接到省城打来的一个电话就出门了，我记得是 5 月 6 号一早出的门。"

"哦，好的，道谢了。"

谭乐为挂了电话，对王凯说："陈尔璧的母亲出门好几天了，从巴中到成都，当天就能到，就是耽误一两天，也早该到了，怎么现在还没有到看守所呢？她以前来过吗？"

"来看过他儿子两回，所以这个地方她是能找到的。他是独子，父亲在他小学四年级时就去世了，是他母亲一手把他拉扯大的。唉，没想到结果是这样！"

"没有其他人来看过他？"

"当然有。"

"老人家可能迷路了，或是有了其他意外。"

"是不是让其他单位协助找一下？"

"巴中到成都的班车都到梁家巷车站，得先让那个片区的派出所协助查一下 5 月 6 日、7 日的监控。"

三

陈尔璧母亲六十二岁，姓李名小芹，头发已经全白，背也驼了，形容苍老。她是在得知自己的儿子杀人入狱后的当天晚上变成那样的。

她的心随着儿子入狱已经死去。但她是儿子唯一的亲人，她要撑着，直到把儿子的骨灰接回老家安葬。为此，她提前卖了自己喂的一头猪和几只鸡，绝望地等待着。

接到儿子已经宣判的电话，她第二天一大早就出发了。从山里走路到乡场，再从乡场坐面包车到乐镇要三个半小时；乐镇有班车到巴中，不到两个钟头就到了。到巴中都很顺利。当她在巴中客运站买去成都的车票时，才发现自己的钱不知什么时候丢掉了，而在乐镇，她还买过车票。她把身上的口袋和背的包袱翻了好几遍都没有找到，她绝望极了，忍不住号啕大哭起来。

儿子接她到成都住过，她想起自己看过的《赵琼瑶四下河南》的川剧，心想，赵琼瑶一个女娃子，为了申冤，可以四次前往开封，巴中到成都比到开封要近得多，便抹了泪，决意往成都走。按她年轻时候的脚力，在儿子离开这世界之前，她是能赶到的。她想过了，就是讨口叫花，也要走到成都。

这样想着，她便上路了。不知道怎么走，就问；饿了，就去要碗饭吃；渴了，就去讨碗水喝；困了，就找个屋檐打个盹。她日夜兼程，有时一天能走六七十公里。但她毕竟是个老人，这条路对她来说也太漫长了。最主要的是，去成都的小路很少有人知道，人们给她指的都是公路，都是说，你顺着这条公路往前走多远，到了哪个镇或哪个县城，就能坐上去成都的班车。他们不知道她没钱坐车。她觉得跟人讨点吃的、喝的，她还张得开嘴；而向人要钱，她无论如何是开不了口的。她不知道，现在的乞丐都只要钱的。她觉得要饭跟要钱是两码事。要饭是为了活命迫不得已才做的事情，所以过去都把乞丐叫"要饭的"。

走到第四天，一场阵雨把她浇透了，她发起烧来，在一户人家的屋檐下靠着墙坐下来。她觉得自己可能走不到成都，就会死在路上。又想，自己如果死了，死在别人的屋檐下，会给人家添麻烦的，便移身到了一处废弃的棚子里。她当晚烧得有些迷糊，她梦见自己在天上飞，飞得很吃力，却不知道自己该飞往何方。她心里很着急，在天空乱窜，最后累得实在飞不动，一头往下栽，一直往深渊里栽，怎么也到不了底。觉得自己下坠的速度越来越快，感到自己越来越冷。她想，自己这是在往地狱里去吗？如果是，我这不是赶着去见儿子的吗？她不禁有些悲伤，忍不住老泪纵横。

有人摇醒了她，深渊消失了。

摇醒他的是个小伙子。"老人家，你怎么躺在这里？您好像病了，烧得很厉害。"

"我是巴中那边的，我要到成都去看我儿子，淋了雨，就病了。"她有些迷糊，但还是很难为情地抬起右臂，用袖子把梦里流到脸上的泪水擦净了。

"您到成都去，怎么会在这里呢？您是身体不舒服，半路下车了？"

"孩子……"她欲言又止，"唉，我是刚走到这里的……"

小伙子没明白她的意思，想了想，也没再问，用手在她额头上试了试："老人家，您得去医院。"

她一听，有些紧张，赶紧说："不用的，我常常发烧，熬一下就过去了。"

"那你也不能躺在这里，来，我送您回您的住处。"

一想到要住院花钱，她赶紧摇头。"孩子，谢谢你，你不用管我。我是在赶路，刚走到这里，有些不舒服，想先歇一歇。"

"我要到遂宁大英县去，您可以搭我的车，到了那里，离成都就很近了。我车上带了感冒药，您先吃药，不行的话，我们再去医院。"

"孩子，我这么大年纪，浑身臭烘烘的，你不嫌弃啊……"老人很是感动。

"老人家，您不要这样说，我奶奶跟你年纪差不多，没事儿，举手之劳的事。"

小伙子把老人扶上车，在后座坐好，给她服了药，然后开车出发。没走多远，老人就睡着了，老人身上的确有一股很浓的异味。但小伙子怕风吹着老人，一直没有开车窗。

到大英县已是晚上八点多，老人上路以来，就没有好好休息过，车上的三个多小时，她一直在睡觉。车停下后，小伙子找好宾馆，才叫醒她。她看着外面的灯光，不知身在何处。

"我这是到哪里了？"

"老人家，我们到遂宁市的大英县了，您感觉感冒好些没有？"

她摸了一下自己的额头："命贱，你的药管用，现在退烧了，头也没那么疼了。"

小伙子一听很高兴，"那就太好了，我这里还有剩下的药，您都拿着。"

"孩子，你真是菩萨啊！"

"老人家，不要这么说，我们先到宾馆，您换件衣服，然后我们去吃饭。"

"宾馆？也就是旅馆吧？我不用住。"

"宾馆也可以说是旅馆，您不住的话，住哪儿呢？"

"孩子，你不用管。"她不能告诉小伙子实话，人家给她药吃，把她带到这里，已经帮了天大的忙。她望了一眼城市，"哪儿都可住的，多谢你治好了我的病，又把我带到这里来了。"

"宾馆我订好了。"他怕老人再推辞，就说，"这么晚了，就在这里住。钱我已经付了，您不住的话，也没法退的。"

老人显然觉得不该花这个钱，心疼地说："住这么好的地方，可惜钱了，你看我连你的名字都还不晓得呢，也不晓得你住哪里。"

"我叫吴明一，住成都磨子桥，这次出来是跑业务的，先到广元，再到巴中、仪陇，到遂宁后，还要去重庆，不然，我可以把您带到成都。"

"吴明一，我记住了，我会一辈子记住这个名字。"

"走，我们先去吃点饭，然后再到宾馆。"

老人早已饿了，但她不好意思再吃吴明一的饭，就说："我还不饿，这么晚了，就不吃了。"

"不行，大半天没有吃饭了，我早就饿了，您老人家就陪我吃一点。"

"吃碗面就行。"

"好的，我知道这附近有家饭菜做得很不错的小饭馆。"

小饭馆的名字叫"再回首"，遂宁甜皮鸭是这家饭馆的主打菜。吴明一要了半只甜皮鸭，又点了粉蒸肉、热凉粉、千层豆腐皮，给老人要了一碗米饭。老人觉得太丰盛了，她的眼睛一下潮湿了。这是她上路以来吃的第一顿饱饭。她向吴明一要手机号码，吴明一给她写在一张纸上，让她以后有什么难处就给自己打电话。

吃完饭，吴明一带着她往宾馆里走的时候，人们都瞪大了眼睛，有人捂住了鼻子。有人故意说："自己穿得这么周正，老娘却像个要饭的。"

吴明一没有理他们。他把老人带到房间，把浴盆清洗了一遍，放上热水，让老人泡了个热水澡。安顿好老人，才回到自己的房间。

老人家没想能遇到这么好的人，但她不想再麻烦吴明一，睡到大概五点钟的样子，她就起床了，就着宾馆里的开水吃了药，收拾好东西，下了楼，找到睡眼惺忪的服务员，要她帮忙给吴明一写个留言。服务员很不情愿地答应了。

　　好人吴明一，我要赶路，我先走了，你是个大好人，你就是观音普洒（菩萨），我没法报答你的恩得（德），我会一辈子记着你，祝原（愿）你和你的全家人生生世世平安兴富（幸福），大富大贵！

乐镇六大队　李小芹

5月8日

四

老人在 5 月 10 日赶到了成都。原来她到成都来，都是陈尔璧带着她。儿子一直想接她来成都安度晚年，但她不习惯城市生活，所以，只答应过儿子来过两次，一次住了一周时间，另一次住了十天不到。儿子被逮捕后，她来看望过两次，坐班车到站后就打出租车，这也是儿子之前跟她讲过的经验。说在城里找不到回家的路了，就打车，告诉驾驶员要去的地方，他们一定会把你送到。虽然她觉得打车费钱，但这么大个城市，能把她送到，她也就觉得没什么了。

但她这次是走路到成都的。望着高楼丛生的城市，她不知道从哪里进入，该怎样穿越，更不知道关押儿子的派出所在哪个方向。街道上是汹涌的汽车洪流，引擎的声音像河水的喧嚣。五颜六色的人行色匆匆，来来往往，突然出现一股人流，又突然消失，被各式楼房吞咽，被那些楼房咀嚼、反刍后，又被吐出来，像吐出残渣——有些人甚至直接消失在地下，再也没有出来——儿子曾经跟她说过，地下还有通道、商场、车库，甚至地下铁路。

她问往城西看守所咋个走。很多人倒是热情，但几乎都一脸茫然。城西看守所？那肯定在西边噻，你要走到西边才能问得到。很多人都只能这样跟她说，然后指一下西边的方向。城里不缺吃的，到处都是饭馆，但去要饭，好多人却很是不解——他们说，别的乞丐都只要钱，没想到还真有要饭的嗦！有时要不到，垃圾桶里总能翻到，睡觉的地方也多。但她发现自己似乎永远也找不到她要去的那个地方。对那些为她指路的人来说，有些人虽然热情，但自己都没有搞清楚东南西北，去一个地方都要靠导航，怎能指明没有具体方位的西城看守所在哪里呢？所以，最后的结果是，一片好心，办了错事。指的方向歪一点，就跑到西南或西北方向去了。更让她绝望的是，她明明是从海天大厦往西走的，但走了半天，又转回到海天大厦楼下了。这个城市像一个巨大的迷宫，她觉得自己就是走一辈子也到达不了要去的地方，用三辈子也不可能走出这座城市。自从进城，她就不知道东南西北，不知道自己身在何处。

她在城里转了大半夜，累得不得不在海天大厦下的角落里蜷缩下来，她有些绝望。她想不明白，人怎么能创造出这样巨大的迷宫。她想，肯定有很多人面临她这样的困境，肯定有很多人没能走出过这座城市，甚至没有走出过自己生活的街区。

正当老人家心急如焚、绝望至极的时候——当时是 5 月 12 日上午 9 时 20 分，两位警察出现在了她的面前，一个警察看了看手机里的照片，又看了看老人："大娘，您叫李小芹吗？"

"是的，警察同志。"

"你是从巴中那边过来的吗？"

"同志，我是，你咋晓得呢？"

"能把身份证给我看一下吗？"

"我还没到巴中的时候，就和钱一起丢了。"

"那您老人家怎么来成都的啊？"

"走路，中途有个好小伙子拉了我一段路。"

"走路？"警察很吃惊，"您老人家是走路走到成都的啊？"

"走路没啥，麻烦的是到了城里就穿不出去了，迷路了，鬼打墙似的，转来转去，好像在原地转圈圈。"

"您老人家太不得了啦，走了这么远的路！看守所知道您哪天出的门，推测您早该到了，却没有您的影子，很担心啊，上级命令全城所有派出所进行搜索，终于把您找到了。我得赶紧向头儿报告。"警察一边说着，一边掏出了手机。

通话结束后，那个警察对她说："老人家，时间很紧，上头让我将您马上送到看守所去。"

另一个警察已到旁边的包子铺买了两个热包子和一盒豆浆。"老人家，你先将就着填一下肚子。"

老人连着说了几个谢谢，但包子到了嘴里，她却咽不下去。她的泪水顺着苍老的面颊流下来。她把两个包子偷偷地用纸小心包好，揣在了衣兜里。

警车分开车流，鸣着警笛，呼啸着穿过城市，前面的景物不断猛扑过来，两边的建筑则向后"唰唰"退去。

五

陈尔璧被关押在城西看守所已有一年零七个月。他想忘记过去的一切，但往事总会在脑海浮现。

2006年10月4日，他快下班的时候，救护车送来了一位车祸的受伤者。那是一个少女——她的父亲已在车祸中死亡，长着一张天使的面容，只因失血过多，很是苍白。他想救活她，但十个小时四十七分钟后，少女停止了呼吸。她的母亲——那个三十多岁的女人同时失去了丈夫和女儿，似乎什么也没想，只说了一句"我不能离开你们"，直接从外科大楼的十七层手术室旁的窗户跳了下去。所有人都傻了。他震惊之余，突然觉得想呕吐，冲进卫生间，干呕了一阵，什么也没有吐出来。于是，他带着肚腹里想呕吐却有没有呕吐出来的东西，沿着清晨清冷的大街往家走。他的心情糟透了。他新买的房屋在太平洋蓝色帕提亚国际社区，要到年底才交房；临时租住的物资小区房屋老旧，是上世纪八十年代末修建的那种七八层高的长方体建筑。他租的房子在八楼，一小间客厅兼一间更小的餐厅带一大一小两间卧室，有厨房和卫生间。这里到医院有六站路。那天他加班前已给妻子发了短信，说有手术，要晚些回，让她早些休息。他气喘吁吁地爬上八楼，到了家门口，他听见一个男人在屋里说话，便想，家里来客人了吗？他敲门的时候，过了好一会儿，妻子才来开了门。进屋后，只有妻子一个人在。他随口问了一句："客人呢？"妻子还没有回答，他就听见卧室外面有什么东西轰然砸地的巨响，随即传来惊恐的喊叫："梁惠芝，快来！"妻子跑过去了。她接着听见妻子的喊叫："陈尔璧，快来帮忙！"他冲过去，看见妻子整个身体被人扯到了窗外，一双脚想勾住什么。陈尔璧一见，猛扑过去，拉住了妻子，但他看到那张男人的脸，手却突然松开了。最后，他手里只有妻子的一只拖鞋，听到妻子和另一个男人短暂的惊叫声，紧接着便是肉体砸击地面的闷响……

陈尔璧伸出头去，看见两个人的身体像剪纸一样贴在地面上，一对散步的老夫妻惊恐地抬起头，两张惊恐的脸，看见了他那张同样惊恐的脸。陈尔璧一边叫救护车，一边往楼下冲。几个目击者站在现场附近，害怕地盯着他。他听见一个人说，这个男的厉害，一下杀了两个。

妻子已停止了呼吸。陈尔璧瘫坐在地上，呼喊着妻子的名字，但已喊不醒她。

男人叫廖天宝，是妻子的高中同学，一直喜欢她。他们之间有什么事情，陈尔璧并不知道。他事后猜想，廖天宝可能心虚，或者害怕，一听说他回来了，就翻到了窗外，站在空调挂机上，想躲起来。没承想空调支架已锈蚀，支撑不了他的重量，在要掉下去之际，他喊妻子去救他。妻子拉他时，被一起拉了下去。

廖天宝是拉到医院抢救了一阵后才停止呼吸的，他留下的遗言是：陈尔璧，你可以杀我，你不该杀她。

母亲没有告诉她路上的遭遇，只说自己进城后迷路了。"没有什么好东西带给你，给你煮了一块腊肉，也就腊肉带在路上不坏——这是你最喜欢吃的，还有，刚才警察找到我后，给我买了包子，我给你留了两个。"她一边说着，一边把腊肉和包子从口袋里拿出来。包包子的餐巾纸和包子皮粘在了一起，母亲小心地把纸剥开。"你把它吃了吧！"

母亲苍老了许多，背驼后，显得更加矮小黑瘦，皱纹把她的脸分割成了上万个部分，眼睛已经昏花，眼底全是伤痛；牙齿脱落了好几颗，脸变瘪了；灰尘把白发染成了灰黄色；已是2008年了，她还穿着一件洗得发白的蓝布超襟上衣，一条蓝布裤子，一双自己做的黑布鞋。

陈尔璧的父亲陈嘉璧是绵阳人，毕业于四川师范学院，因出身不好，被分配到乐镇中学当老师，长得很英俊，母亲虽没读什么书，但勤劳、善良，长得漂亮，两人因此相爱，1966 年，两人结婚；1967 年，生下了陈尔璧；1968 年，他父亲含冤去世。母亲当时才二十三岁，但她没有再嫁人。她一生只有两个男人——她的丈夫和儿子。她在那样一个年代，吃尽了世上所有的苦，把他拉扯大，供他上学。他是乐镇第一个留过学的，是第一个博士。

隔着玻璃，见到母亲，陈尔璧就一直在流泪，他拿着话筒，不停地说："娘，儿对不起您，儿对不起您。"他想控制住泪水，像母亲那样把泪水咽进肚子里，表面像什么事也没有发生一样平静，但他做不到。

　　的确，母亲没有哭。她只跟他说话，嘱托他，像儿子那次去美国读博士一样，真的只是出一趟远门。"儿子，人就是这样，生生死死，早晚的事，谁也摆脱不了，就跟出远门一样，有些人出门早，有些人出门晚。走得早的人，就先到那个地方，就可以准备走新的路，这未必不是件好事。你爸走了四十年了，他走新的路也差不多四十年了。他也可能在那里等你呢。你去了，好好跟他说，他肯定知道命。他是个开通的人，他不会怪你的。我把该办的事办完了，也来找你们，那才是我们一家相聚的地方。下一辈子我们都好好做人吧，你爸不用再遭那样的难，我一辈子也不用吃这么多苦，你也可以平平安安地当个好医生；到了那边，有什么事、需要什么东西，你就给我托梦。我把你带回老家后，就埋在你爸爸的坟旁边，我死了，再埋在你旁边，这样，你就在我和你爸爸中间。那时候，我们再把你当作小娃娃，就像我们两人牵着你的手在路上走……"

　　陈尔璧一边和着泪水把包子和腊肉往肚里咽，一边听母亲说。他满嘴苦涩，没有吃出包子和腊肉的滋味。他不知道该说什么。他觉得一切都是无力的，都已无用。最后，他说："娘，儿对不起你，我无脸埋在父亲的坟旁，我想好了，我会把我的遗体捐出来，供研究之用。"

　　母亲似乎不明白那是什么意思，或者没有听清楚，只说："我说了，你要埋在我和你爹中间。"

　　临别之际，他让母亲先走，母亲用力扶着墙，站起，却迈不开步。他跪下，给母亲磕了三个头。当他往囚室走，回头去看母亲时，母亲正目送她。他看到母亲满脸是泪。走到提审通道面向母亲的方向，他再次跪下来，重重地磕了几个头，哽咽着说："娘，如有来生，我一定还做您的儿子，我相信到时命运不会再给我开这样残酷的玩笑……"

六

老人家走出了看守所。她觉得自己已没有一点力气了。她在派出所对面一栋烂尾楼里找个地方坐了下来。这里搭建得乱糟糟的，住着像她一样的人。她觉得自己已把一辈子的事做完了，她觉得太累，到二楼找了个角落，坐下来，很快就睡着了。

陈尔璧回到监室，看起来比平时更平静。他要给母亲写一封遗书。一是感谢母亲的养育之恩，并向母亲致歉；二是告诉母亲自己捐献遗体的遗愿，并说明自己为什么要这样做；三是劝母亲要好好活着。在谭乐为来到监室的时候，他已经把遗书写好。作为专管民警，谭乐为要陪陈尔璧度过最后的时光。午饭陈尔璧只扒拉了两口，就再也吃不下。他把遗书交给谭乐为，说："他们的确不是我杀的，但我没法证明这一点；而他们的死又的确跟我有关，这就是命运的残酷。"陈尔璧说完，站起来向谭乐为鞠了一躬，"感谢您陪我度过人生最后的时光，感谢一年多来看守所民警对我的照顾。"

他把三件叠好的衣服和五本书，分送给了同监室的在押人员。他说："这一天终于来了，感谢你们对我的照顾。大家珍惜人生，出去后珍惜自由的生活。"说完，又对最后几天一直在负责照顾他的惯偷杨耀东说："我今天被正法，你明天出监。这巧合说明我们有缘，拜托你一件事，如果顺路到了巴中，记得去看望一眼我的母亲。"杨耀东说："老哥，明天才走呢，您放心，我保证每年都去看她老人家。您好好睡个午觉，休息一下吧。"

陈尔璧躺在床上，很快就睡着了。他梦见父亲和母亲相伴而行。他们踏着祥云，穿着川剧里演员的服饰，衣袂飘飘，从天而降，来到他面前，他看见父亲英俊潇洒，母亲年轻漂亮，一副仙人的样子。他心里十分喜悦，问道："爹，娘，你们怎么从天上飘下来了？"娘说："你爹是神仙，神仙都住天上，只能从天上来。"父亲微笑着，"孩子，你就要新生了。"陈尔璧很高兴，"那我还是做你们的儿子。"父亲说："那是当然，你永远都是我们的儿子。"陈尔璧一下意识到了自己是有罪之身，身陷囹圄，含着泪说："谢谢爹娘不嫌弃我。"待他抬起衣袖擦尽眼泪，父母已驾云而去，他只看到了父母越来越小的身影和那朵越来越小的白云。

城市依然喧嚣，中午的大街上行人往来如蚁，稍远处公园里的摩天轮还像以往那样旋转着，一座座姿态各异的高楼大厦显示着城市浓郁的现代气息。

一点五十分，杨耀东准时醒来，端坐着。陈尔璧戴着刑具仍侧卧在通铺一角。谭乐为没有休息，他看了一眼手表，已两点二十六分，他想叫醒陈尔璧，又觉得这是他人生最后一次午眠，起了恻隐之心，便决定不去管他。他给金鱼换了水，把鱼缸端进了监舍。金鱼不安地游动着，有一尾鱼突然跳了出来，掉到了地上，他把鱼小心地捉起，把它重新放进鱼缸里，到"金鱼缸"（厕所）里去重新换水。

他盯着鱼缸里的金鱼，突然有些想念女友。金鱼在鱼缸里快速游动，显得有些慌乱，最后又蹦了出来，谭乐为一边把它再次捉进鱼缸，一边说："看来连你也不愿待在这里面呢。"他只好再次到厕所里去换水，刚走进去，监舍突然摇晃起来，楼房发出吱嘎的断裂声，然后开始倾斜。谭乐为站立不住，跪倒在地，他意识到地震了，刚喊出来，监舍已经坍塌。看守所瞬间变成了废墟。外面的世界猛然呈现在他眼前，岗楼倒下，围墙倒塌。这片城区的好多地方被抹掉了。

谭乐为笼罩在猛然腾起的烟尘里，一下失去了知觉。但那个鱼缸竟然神奇地被他捧在怀里，完好无损，只有一些刚换的自来水溅了出来。

陈尔璧是被大地摇醒的，睁开睡眼，他发现自己仍然靠墙躺着，楼板塌下来后，一头搭在墙上，刚好给他构建了一个安全的、三角形的空间。四周一片黑暗，只有一小束光从脚下透进来。他听到有人在大喊地震了！他有些蒙。当他意识到自己还活着时，他没有一丝欣喜，反而觉得这是生命对自己的嘲弄。"自己怎么没被砸死呢？如果自己被砸死了，会什么感觉都没有的，那该多好。"他感到有砖块和水泥砸到了身上。他戴着脚镣手铐，行动不便，他想用脚蹬开那些砖头，倒退着钻出去。他感觉右大腿有些痛，但戴着刑具的手摸不着。他想，肯定是钢筋把腿划伤了，他没法去管，只想着尽快从这里钻出去。他忍着伤痛，用力蹬开了那些砖头和水泥块，从废墟里钻了出来。他发现原来的监舍已荡然无存、整个看守所像被轰炸过，四周只有几堵断墙，头上出现了一片烟尘弥漫的完整天空。

他躺着，透过烟尘仰望着天空看了半天，天空还是老样子，看不出人生祸福，人间悲喜。就是这场人类的大灾难，它也还是那张老脸，该阴时阴，该晴时晴。但他望着，有些痴迷。这是他此生已看不了几次的天空，他对这片虚空突然产生出无限的留恋之情。

他支撑着坐起来，扭头看了一眼大腿上的伤。那道伤口至少有三寸长，血肉模糊的，伤口上都是灰尘，看上去很难看。他原想自己身高一米八，肌肉结实，没有一块赘肉，即使从一个外科医生的角度来看，也是很完美的，所以他决定死后捐献自己的遗体，给医学院的学生做研究之用。现在这具即将成为遗体的躯体却有了一道伤口，而这道伤口已不可能有愈合的时间，这让他突然感到无限悲伤——"我是否可以申请，等这道伤口愈合后再处决我呢？"这个荒唐的想法使他自己都不禁哑然失笑。然后，他想起了自己的母亲，他一下慌乱了，她会在哪里？她只会住那种很便宜的小旅馆，而那种旅馆不可能经受得住这样的地震，一想到这，他浑身发起抖来，不禁喊叫出来，"娘，您可千万不要出事！"

只有他的声音。四周陷入死寂，连天上飞鸟凌乱地扇动翅膀的声音都可听见。他抹了一把脸上的尘土，大喊了一声："人呢？"

偶尔可以听见钢筋断裂声、墙体垮塌声、砖块掉落声。

"人呢——？"他又大声喊叫起来。

传来了人的呻吟声。

一个人从尘土里爬出来，是杨耀东。他摇了摇头上的尘土，瞪着惊魂未定的眼睛，大张着满是白牙的嘴，说不出话来。他头上有伤。看了看四周，吃惊了半晌，想跑，又规矩地蹲了下来。

"你还活着！"陈尔璧有些惊喜。

"你……你他妈的也活着！"杨耀东哭了，开头是抽泣，最后竟号啕起来。

"行了，你活着是真活着，我活着，明天还得死，你有什么好号的？"

杨耀东的哭号声小了些。"我以为我死了，我头痛。"他摸了一下自己的头，抹了满手的血，又大叫起来，"我的头破了，这么多血！"

陈尔璧说："你过来，我看看。"

杨耀东乖顺地走到他跟前。

陈尔璧看了看，那道伤口有两寸多长，可以看到头骨。他怕杨耀被吓住，就安慰他说："蹭破了皮而已，啥事没有。"

杨耀东看到了他受伤的腿："你的腿也受伤了。"

"对我来说，已不重要。"

"其他人呢？"

"没了。他妈的，没了！"

陈尔璧想起了谭警官，用目光把监舍搜寻了一遍，"谭警官呢？"

"刚才，他的金鱼跳到了地上，他就进了厕所，要给他的金鱼换水。"

厕所也坍塌了，谭乐为镶嵌在砖块之间，一动不能动，背部的血从满是尘灰的身体里渗出来。他怀抱着的金鱼缸里的金鱼安静了，在里面不紧不慢地游动着。整个画面像一幅先锋色彩很浓的拼贴作品。

杨耀东已经不哭了，他走过去，推了推谭乐为，谭乐为没有动。"谭警官真可怜，第一天上班，就他妈挂了。你明天上路，我明天自由，却发生了这事。妈的，我们现在该怎么办？"他转过头来看着陈尔璧，面目有些变形。

陈尔璧抬头看了看天空，觉得这对他来说如此奢侈。他想起了刚才的梦，想回味一番，但脑子很乱，梦也乱了，像这地震留下的场景一样。这也许是他今生的最后一个梦了。什么都是最后的——天空、空气、风、尘土，甚至连这地震……

"娘！我娘怎么样了啊？"他一急，猛地站起，才意识到自己刑具在身。他有些笨拙地爬到谭乐为身边，摸索了一阵，从谭乐为身上掏出了一串钥匙。

杨耀东有些惊讶："你要干什么？"

"你头部的伤其实很严重，你要帮我把这玩意儿打开，我要为你包扎，你知道，我是外科医生。"

血从杨耀东头上继续往下流，他的右半边脸被染红了。杨耀东用手一抹，满手是血。他有些害怕。他相信陈尔璧的话是真的，但想了想，还是摇了摇头。

"我这样做是违法的。"

"现在这里没有人，我不会跟人说是你帮我打开的刑具。"

"我明天就该出去了。"

"你头上的伤口不处理会很危险，搞不好，明天你就死在这里了。"

杨耀东还是有些犹豫。

"你看，整个看守所都塌了，估计没有多少活着的。"

杨耀东迟疑地来到他跟前，帮他打开了手铐。

陈尔璧指了指被水泥块压住的一件旧衣服条床单："把它扯出来。"

杨耀东扯出了床单，交给陈尔璧。陈尔璧把它撕开。

"是不是真的很严重？"杨耀东担心地问。

"包扎一下，把血止住，应该不会有啥问题。"

陈尔璧把杨耀东的伤口包扎好，又把自己的伤腿包扎好。然后，他打开了自己的脚镣。

"你要逃跑？"杨耀东有些惊讶。

"我要离开这里，我要去找到我娘。"他的眼睛忽然有些潮湿。

"老人家肯定就在这附近。"

"反正我会死的。地震会结束，我傻坐在这里也是等死，把我娘找到，再见一面也是一死。"他说着，站起来，走了两步，腿有些瘸。他又走了几步，觉得好些了。

"你可以逃跑。我是说，这是个千载难逢的机会，你可以逃得远远的。"

"逃得过初一，逃不过十五。你明天就要出去了，你不能跑，跑了还得回这鬼地方来。你就在这里等着。"

"那你多保重了。"

"你也保重。等会儿如果有救援的医生来，让他们把你的伤口再处理一下。"

七

陈尔璧往外走去。他知道原来监室的门在哪里。现在，那道门被坍塌下来的水泥砸得扭曲变形了。走到那个位置的时候，他还是犹豫了一下。在他就要翻过那道水泥墙时，谭乐为突然发出了一声呻吟。砖瓦松动，他伸出一只满是鲜血的手。"你们两个……快来……救我……"

陈尔璧吓了一跳，一下不动了。

杨耀东开始也没有动，但最后还是走向了厕所。

"陈尔璧，你要干什么？你不能出这个监舍。"这是谭乐为的第二句话。

"我现在可以去任何地方，即使是地狱。"陈尔璧没有回头，一步跨到了监舍外。

"你得先把我救出来！"谭乐为着急了。

陈尔璧站住了，但只停留了三五秒钟，又往前走去。

"你看我伤得这么重，你不会不救人吧！"谭乐为用力向他喊。

"谭警官，你不能使劲，你一用劲，血就往外飙！"杨耀东说。

陈尔璧像下了决心似的，又往前走了。

"你是个外科医生，你他妈的怎么能够见死不救！"

陈尔璧站住了，回过了头，他的面孔有些扭曲，但他还是走回到了谭乐为面前。和杨耀东一起，把谭乐为四周的砖块往外抠。

"先把我的小金鱼救出去。我如果不来换水，还是坐在原先的位置，你们也看到了，那个大梁就会刚好砸在我头上，那样的话，我就先你陈尔璧去见阎王了，是这金鱼救了我。"

杨耀东说："看来这金鱼知道要地震啊，所以才老往外跳，你以后得把这小金鱼好好供着。"

谭乐为被救了出来。他盯着陈尔璧："你的刑具是多久打开的？"

"我从废墟里钻出来的时候就开了。"

"那真是神奇啊。"

"就是，这还不是为了救你嘛。"

"陈尔璧，你最好待着别动。"

"我没有动，我刚才只想去找我母亲，想知道她怎么样了。"

"你老实待着。"

刚才一活动，谭乐为背部的血直往外冒。陈尔璧想走过去，为谭乐为包扎，谭乐为说："你不要过来！"

"难道你怕我？既然你还活着，最好让我救你，不然过不了多久，你身上的血就会流光。"

杨耀东也劝谭乐为："谭管教，还是让他给您看看吧，你背上的血像水一样往外冒。"

谭乐为没有说什么，算是默许陈尔璧为他包扎。

"伤口很深，但还没有伤到内脏。"陈尔璧把自己的囚服脱下来，撕成条，对谭乐为说，"没有药，没有治疗器材，我只能给你包扎一下。不过，你的伤只要把血止住了，应没什么大碍。你和杨耀东都没事，也是奇迹，可能是我明天要去死，顶了你们的罪吧。"

"托你的福！"杨耀东赶紧说。

"你们继续等待救援，我现在得去找我母亲。"陈尔璧又要离开。

"你……你不能……离开这个监室。"谭乐为说。

"我刚才说了，我现在可以去任何地方。"

"我说了，不行！"谭乐为说完，飞速冲到倒塌的岗楼前，抢过已牺牲的武警战士的枪，朝天开了两枪，大叫道，"谁也不许离开这里！"

当时已有三十多人钻出了废墟，但没有一个看守人员。那些犯人自从进来，还是第一次看到围墙外的景象——只不过是坍塌了的。一些人试图逃跑，听到枪响，都吓得蹲在了地上，自觉地用双手抱头。

陈尔璧也老实地蹲在了地上，谭乐为重新给他戴上刑具。

开始有断断续续的呼救声和呻吟声从废墟里传来，其中夹杂着痛苦的号叫。

谭乐为站起来，忍着痛，大声对犯人宣布纪律："你们听着，这个时候，只许老老实实救人，争取立功赎罪，不准有其他想法，谁要想跑，就地正法！"

犯人们开始救人。

不断有人从废墟下救出来，摆在废墟间一块平地上，痛苦地大声呻吟着。

陈尔璧说："谭警官，我是外科医生，我可以救人，一些人不抢救，会很快死掉！"

谭乐为没有理他。

一些受伤的人听了陈尔璧的话，更痛苦地呻吟起来，一个犯人说："管教同志，我听说陈医生是很有名的外科医生，这些被救出来的人不赶紧抢救，就白救了。"

其他人也跟着哀求。

对于到这里工作还不到四个小时的谭乐为来说，这的确是个难以做出的决定。正在他犹豫之时，有人喊："57 号跑了！"

谭乐为提枪冲过去，看到 57 号囚犯正朝围墙跑去，他大喊了一声："57 号，站住！"

57 号仍往前跑，谭乐为端起枪，随着枪响，子弹从 57 号飞跑着的两腿间飞过，在他前面一米远处击起一团烟尘。57 号吓得猛地停住，一头栽倒在地，又赶紧爬起，一边用双手抱着头，蹲在地上，一边害怕地大声喊道："别……别开枪！别杀我……"

"立即滚回来！"

57 号小跑着回到了谭乐为面前。他已吓得面无人色。谭乐为把他铐在了一根钢筋上，又朝天开了一枪："我再说一遍，只许老老实实救人，争取立功赎罪，不准有其他想法，谁敢跨出原来围墙的范围，就地正法！"

那些受伤的人不敢呻吟了。被埋在废墟下的人听到枪声，确认外面有人，更大声地呼救起来。

谭乐为带着杨耀东来到陈尔璧跟前，打开了他的刑具。"这玩意儿重，戴着救人太难为你了，给你戴个轻的吧。""咔、咔"两声，用手铐把陈尔璧和杨耀东铐在了一起。

杨耀东喊叫起来："谭管教，你怎么把我和他铐在一起了？"

"先委屈你一下，帮我看着他。"

陈尔璧笑了笑，对杨耀东说："我说了，我们有缘。"

"只能说，我是倒霉透顶。"

"谭警官，我需要救人的东西，什么手术刀、绷带、酒精棉、酒精、医用胶带、三角绷带、灭菌纱、外科手术缝合针线之类的。"

"卫生所应该有，你和杨耀东去那里，看能不能刨些出来。杨耀东，你看着他，如果有啥事，你明天就休想出去了。"

杨耀东听谭乐为这么说，有些害怕担责。"谭警官，我……咋能看得住他啊？"

"你不是跟他连在一起的吗？不要啰唆了，我们现在得全力去救人，二百多名嫌犯，还有看守人员、警卫战士都被压在了里面。"

"走，不要啰唆了，跟我找救命的东西去！"

卫生所已成废墟，扭曲着堆在那里。

陈尔璧问杨耀东："你知道外科室在哪个位置吗？"

"这哪里还能看出来，我得再看看。"杨耀东看了一眼陈尔璧，"你真要去救人？不去找你娘了？"

陈尔璧沉默了几秒钟："先救人吧，他们摆在那里呢。"

"你不连累我就好。"

"你这已经是三进宫了，还怕我连累？"

"这次出去真的要金盆洗手了。我只想明天能够回家，你不要害我回不了家就行。"

"这就对了，到外面去，干个啥不行。"

陈尔璧拉着杨耀东在卫生所外转了半圈，然后钻进废墟里，灰尘和碎水泥块不时地掉下来。卫生所的杨医生砸在水泥块下，血肉模糊。杨耀东喊了几声杨医生。他的声音里充满了恐惧，声音颤抖地说："她给我看过病。"

"我也吃过她的药。"陈尔璧爬到她的身边，听了她的心跳，"心跳已经停止了。"他接着喊起来，"有人吗？还有人活着吗？"

没人回应。"看来，这里的人都没有跑出去。"

"我们出去吧。"杨耀东害怕，要往外爬。

"我们已在卫生所里，找不到东西，出去怎么救人？"陈尔璧继续往前爬。前面的空间很窄，只能勉强钻过一个人，两个人铐在一起，他只好先倒退着进到里面，再把杨耀东拉进去。两人蜷在里面。陈尔璧刨着前面的砖块。这时，水泥板突然发出"嘎吱嘎吱"的响声，从上面挤压下来。

杨耀东绝望地喊道："完了，要压在里面了。"他有些生气，"你不要动那些砖块！"

"你是害怕了吧？"陈尔璧回过头。

"你他妈死了是该死，我死了是白死！"他拿起一块砖头，砸起手铐来。

"不要做无用功，我必须把这里刨开，从这里钻进去，就该是外科室。"

"要进你自己进。"杨耀东用哭腔说完，想往后退，但退路已被塌下来的水泥板封死了。

陈尔璧拉住他："我们只能往前爬，进到外科室，然后寻找别的出口。"

杨耀东绝望地小声哭起来。

陈尔璧仍只能倒退着爬行，终于进到一个大一些的空间里。那是一个稍显完整的扭曲的房间，一道光从废墟外面射进来。那正是外科室。

"太好了！"陈尔璧激动地喊叫起来，完全忘了自己是个死刑犯。"把这里面能拿的东西都拿出去，这是现在最需要的。"他转过头，"你他妈的不要哭了，你死不了！"

其实杨耀东看到那个透进天光的孔洞，就已经不再抽泣了。

八

谭乐为忙着救人。他不得不眼观六路——恨不得浑身长满眼睛，一旦有犯人靠近垮塌的围墙，他就会大吼："不许越界！"

因为谭乐为是今天才报到的，这里的很多犯人和随后救起的同事都不知道他是谁，但在他的枪口之下，无人敢造次。他把能找的枪弹先找到，集中起来，以免流失，然后，让虽受了伤、但还能使用枪支的同事到制高点，负责看守，一旦有人图谋逃跑，可以开枪射击。

不时有呼救声从废墟里传出，救出的人越来越多，躺在地上的伤员也越来越多，呻吟声、痛苦的号叫声一阵高过一阵。

陈尔璧给伤员止血、包扎，满手是血，浑身是汗。杨耀东在一边协助，不时递给他剪刀、纱布、酒精，另一只被铐着的手则尽力配合陈尔璧动作，但两只手铐在一起，很是碍事。而那么多人需要抢救，陈尔璧恨不得能长出八只手，而他实际上最多只有一双半。杨耀东看在眼里，急得直喘粗气，恨不得把自己那只手剁掉，最后忍不住朝谭乐为吼叫起来："谭警官，你他妈的把我和陈医生铐在一起，他怎么救人？"

"我不这样，他跑掉怎么办？"

"上面不是有管教持枪看着吗？他怎么跑？他就是跑掉，我他妈的也相信你们一定能把他抓回来，但这些人如果救不活，就他妈的只能见阎王了！还有，我好好的一个人，不能去救人，这是他妈怎么回事？"

陈尔璧对杨耀东有这样的行为感到惊讶。谭乐为也用不解的眼光看了他好几眼，然后爬到废墟上，和其他同事商量怎么办。他们嘀咕一阵后，谭乐为离开了，过了一会儿，他拿着一副脚锁来到了陈尔璧跟前。这种脚锁两边用两个类似手铐的环状物固定在脚踝上，中间由一截钢丝连接，外包胶皮，也叫"软脚镣"，一般用来防止嫌犯在提押时脱逃、自残，既能保证安全，又非常人性。谭乐为用脚锁各锁住陈尔璧和杨耀东的一只脚，语带歉意地说："我和几位同事商量了，你们还得连在一起。不过，这种东西非常轻巧，看守所刚配发了两副，刚好找到了这一副，戴在脚上，不会影响陈医生做手术了。"

戴好脚锁后，谭乐为打开了手铐。

"那么多人需要救，你把我跟他锁在一起，我怎么去救人？"杨耀东看着脚上的脚锁，一下就急了。

"陈医生需要助手，你协助他，也是在救人。"

"真是倒霉！"

陈尔璧一到手术台上，就格外专注。"我需要更多的急救药品，谭警官，你让人再到卫生所去，把能找到的药品都找出来；或者到这附近的药店、医院去找一些来。"

谭乐为说了声好，带着一个人，转身找药品去了。

杨耀东极不情愿地把酒精、绷带递给陈尔璧，他对明天就要被执行死刑的陈尔璧那么专注地救人很不理解。他故意用带刀子的话戳陈尔璧的心："你在这里救人，谁救你娘？"

陈尔璧保持了一个外科医生的素质，手丝毫也没有抖，眼睛也没有离开手上的手术刀，只低声说了句："闭嘴！帮我擦一把汗。"

杨耀东很不情愿地抬起一只手臂，帮他擦了脸上的汗水。

"我现在想给我爷爷婆婆和爹妈打个电话，还有我哥哥和妹妹，我十四岁出来闯社会，很少想起过他们。现在我不晓得咋整的，特别想他们，特别是我婆婆。我不晓得他们会不会出事。"

"不晓得这次地震的范围有多大，看守所都震成这样，这灾祸一定不小。"正在接受陈尔璧包扎的犯人忍着痛和杨耀东搭话，"这位兄弟老家在哪里呢？"

"青川山里头。"

"那里应该没问题。不过，你等会儿可以借管教的电话用一下，问一问家里的情况。"

"管教的电话哪敢借来用啊。"杨耀东叹了一口气。

"你明天就要出去了，人家会同意的。"陈尔璧说。

杨耀东似乎得到了安慰。"这次出去，我一定要先回老家去看看，然后去找一份正儿八经的事做。"

"这样想就对了，但人总会被错误的想法所左右，我们走到今天，都是一念之差的结果。"

"你是怎么进来的？"

"贪。还在调查。钱没有花一分，都在家摞着。"

"那我们属于同一个爱好，只是级别不一样，你是大盗，我是小偷；你窃国，我偷人。"

那人忍不住一笑。"也是吧。现在想来，我要那些钱干什么？"

"可能每个进来的人都会那么想。"

这时，谭乐为大喊起来："陈尔璧，你过来！"

"干什么？"

"我们把所长救出来了，他还有气。"

"我得先救完这个。"

"对，这个时候，应该平等。"有人说了一句。

谭乐为也意识到了自己刚才的行为有些不当。"所长伤得很重。我的意思是你可否先救一下危重伤员。"

"那是当然。"陈尔璧给贪官包扎好，站起身来，"杨耀东，走。"

"你去救所长就去，我还想跟这位大哥摆会儿龙门阵，交流一下盗窃经验呢。"

"你不走，我怎么去？"

杨耀东一下意识到他和陈尔璧是连在一起的，只好站起来，跟着陈尔璧快步走。

一根钢筋杀进了所长的胸腔，头上有伤，右手臂也砸断了。

谭乐为担心地问："所长没事吧？"

陈尔璧一边给所长包扎，一边说："难说。需要马上做手术，需要输血，如果能尽快把他送到附近的医院，那是最好的。"

"看看附近还有没有能开动的车！"谭乐为着急地对杨耀东吼叫。

"你把我和陈医生连在一块了，我怎么去？"

谭乐为一听，只好对另一个犯人说："你去，要快！"

"找个大车最好，最好把这里的重伤员都拉到医院去。"陈尔璧说。

"你听到了吗？有能开动的大车最好！卡车、客车都行，如果能尽快找到，算你立功！"谭乐为的嗓子有些沙哑了。

那个犯人一听，飞快地跑开了。

杨耀东这时小心地对谭乐为说："谭管教，能用一下你的手机吗？我想问问家里的情况。"

"手机能打通就好了，地震后就没信号了。"谭乐为的情绪一下有些低落，"我现在都不晓得家人是啥样子。"

大家似乎都感到了无望，都不说话了。谭乐为赶紧说："大家不要难过，手机一旦有信号了，要给家人打电话的，都可以来找我。"

去找车的犯人很快带着两辆运沙车回来了，他喘着大气，说："我听说了，这次地震很厉害，估计至少有八级。到处惨得很。政府已在组织救灾，听说部队出动了，车很好找，好多市民已自发出来救人，我一出看守所，没走多远，就找到了这两辆车，两位师傅一看我是犯人，开始不敢来，解释了好一阵，他们才来了。"

谭乐为向驾驶室里的两个驾驶员敬了礼。一边组织犯人把重伤员往车上抬，一边问一驾驶员："这附近哪个医院还在运行？"

"医院大多没问题。但现在往医院送的伤员很多，进城的路也一定拥堵，附近有一家部队医院，我看去那里最合适。"

"你说得很对，非常感谢！"

重伤员被抬上了运沙车。谭乐为和几位幸存的管教民警商量后，决定由一人带枪陪同前往。

"这里能救出来的人都救出来了，你伤得不轻，你不去医院看看？"杨耀东问谭乐为。

"我能坚持。我们不能只救看守所里面的人，外面还有很多人在等着我们去救。"

陈尔璧包扎伤员的手停顿了一下："等会儿我能否去找一下我娘？"

谭乐为犹豫了，不知该怎么回答这个请求。

"她肯定就在这附近。"陈尔璧哀求道。

"现在有很多人需要你救。"谭乐为有些抱歉地说。

陈尔璧没有再说什么，专心地给最后一个伤员小心地包扎着。

谭乐为把看守所里的其他人集合起来，对大家说："我们现在要走出看守所，去外面救人。"他指了指几名管教人员，"这几位同志虽然受了伤，但我提醒大家，他们手中的武器可是完好的。在这非常时刻，我相信大家都会听从指挥，服从管理，你们每救一个人都是在立功，而立功是可以减刑的，所以大家要珍惜这个机会，不要有任何非分之想！你们说，你们能不能做到？！"

犯人们一听说要出去救人，还能立功减刑，就很激动，齐声喊道："能！"

"那好，现在出发！"

几名荷枪实弹的管教人员带着嫌犯走出了看守所。

谭乐为守着陈尔璧把最后一个伤员包扎好，让人把伤员送到医院，然后让两个"连体人"跟他走。

陈尔璧站起来，伸了一下腰身；杨耀东也甩了甩胳膊，踢了踢那只没有戴脚锁的腿。

"谭警官，我想去找我母亲，麻烦你给我一点时间，就半个小时行不？在这半个小时里，找得到找不到，我都会按时返回。"

"肯定不行。"

"我只有我母亲这个唯一的亲人，你知道，她是专程来送我上路的。"

谭乐为想找一句话来缓解自己的不近人情："现在所有的人都是一家人，都是你我的亲人，如果不是这样，我早已跑去看我父母，找我女友去了。"

"我说了，就半个小时。"陈尔璧的右手突然箍住了杨耀东的脖子，左手的手术刀对准了他的脖颈，"谭警官，就半个小时！你知道，我现在是世界上最绝望的人，但也是最自由的人，一桩罪与一百桩罪的结局是一样的，我可以做任何事！我是外科医生，我的手术刀会很准确地割断他的动脉。"

杨耀东没有想到陈尔璧会来这一手，顿时吓得面如土色，说不出半句话来。

谭乐为也感到突然，本能地拔枪指着陈尔璧："陈尔璧，你不要乱来。"

"我只想去找我母亲，想知道她会不会有危险。"

"陈尔璧，你先把手术刀拿开。"

"我说了，我只需要三十分钟，但现在我改变主意了。"陈尔璧挟持着杨耀东要离开。"你可以打死我，我今天死和明天死区别不大。"他说着，手术刀锋利的刀刃看上去已切入杨耀东的脖子。

杨耀东怕稍微粗重的呼吸都会让刀刃把自己的动脉割断，只能痛苦地低声央求："谭管教，救……我……"

"谭警官，你得把枪扔给我。"陈尔璧平静地说。

"好的，你不要乱来！"谭乐为说着，把枪扔到了陈尔璧脚下。

陈尔璧把枪捡起来。

"陈尔璧，你……冷静！"谭乐为有些气喘。

"谭警官，对不住了！枪我先替你保管着，现在人杂，丢了枪可不是好玩的。"他说着，把枪口指向谭乐为，"把脚上这玩意儿给我打开。"

"钥匙在其他管教人员那里，办公室里可能还有，你得自己去刨。"他望了一眼已经坍塌成一堆瓦砾的办公楼。

陈尔璧转过身来，对杨耀东说："那只有麻烦你继续陪着我了。"

"我明天就要自由了，你不能害我！我不可能跟你一起去。"

陈尔璧说："谭警官在这里，他可以证明是我胁迫你的，你怕什么？"

"那我也不可能跟一个死刑犯去逃命。"

"你这么说，那就别怪我对你不客气了。"陈尔璧说着，把枪对准了杨耀东，"麻烦老弟在阎王爷那边先等我。"

杨耀东"哧"地冷笑了。"这枪不是每个人都知道怎么用的。"

陈尔璧打开了保险，把子弹推上了膛："你可能不知道，我是在美国读的博士，我在那里练过枪，告诉你，我枪法还不错。"

谭乐为一见，对杨耀东吼道："你跟陈尔璧走！"

杨耀东只好故作轻松地说："陈尔璧，我听你的，好久没有看到外面的样子了，我跟你去看看也好。"

陈尔璧走过去，把谭乐为绑了："你得在这里待一会儿，过不了多久，肯定会有人来给你解开。"他俯身下去，把嘴挨近谭乐为的耳朵，"这枪我带着太显眼，我也不喜欢。"他指了指前面一堆废墟，"我会把它藏在那里，你等会儿去取，然后提着它来追杀我。"

"你不是说三十分钟就回来吗？"

"我刚才向你请求，你没有同意。现在，我得根据自己的情况决定了。你知道，一个人如果品尝到了自由的味道，应该和吸毒差不了多少。"

"我会很快把你抓回来的！"

"那是你应该做的。"

走出看守所的断壁残垣，外面一片辽阔的废墟猛然呈现在眼前，电光、火光闪烁着，烟尘弥漫。有人钻出了废墟，有更多的呼救声从废墟下断断续续传来。

杨耀东站着不走了。"我们不救下面的人了？"

"不救。"陈尔璧使劲扯了一下杨耀东，急急地往前走。

九

虽然有脚锁的羁绊，但陈尔璧带着杨耀东还是很急地往前小跑着。他知道，母亲会在看守所附近等着送他。他停下来，蹲下去，找了一块石头，想砸断脚锁上的钢丝。但费了半天劲，只砸掉了表面包着的胶皮。

"不要费劲了，只有找到钢丝钳或者钢锯才有用。"

"带着你真累赘！"

"你还嫌弃我了？真是的！"

"什么叫连累，两个人连在一起就是，我是第一次理解这个词的意思了。"

"既然出来了，我们就一起赶紧去找老人家。"

"谢谢你！"

"你说，你刚才真会割开我的动脉吗？"

"说不准。"

杨耀东哆嗦了一下。

"你是救人的，能忍心杀人？"

"你知道，如果我母亲活着，她最希望的是什么？"

"当然是你也活着。"

"就是啊，如果我亡命天涯，消失无踪。只要没有我的死讯，她就有希望。"

"所以你会不顾一切，你要逃跑？"

"是的，这是我刚有的想法。"

杨耀东听他这么说，赶紧蹲下来，想把脚锁砸断。"那样的话我得尽快跟你脱离关系，不然，如果他们认为我协助你逃跑，我咋说得清楚？"

"我刚才已经试过，不要白费劲了。政府弄的这玩意儿怎么可能随便砸断？"

路人见了这对奇怪的、穿着囚衣的"连体人"，都会好奇地打量他们一眼，有些知道他们是犯人的，会害怕地躲开。不过，即使知道他们是从看守所或监狱里逃出来的，也没人有工夫管他们了。杨耀东觉得别扭，把上衣脱掉扔在地上，对陈尔璧说："你那上衣也扔了吧。"

"我还是穿着吧。说不定到时可以用来包扎伤口。"

"你还在想着去救人啊？"

"职业病。"陈尔璧笑了笑——自从知道自己死期将临，他这还是第一次笑。"明天就要死了，没想这'病'还在。"

陈尔璧带着杨耀东在看守所附近寻找母亲。他见人就问有没有看到一个六十岁、满头白发的农村女人。人们都只是摇头。

突然降临的灾难让所有人都有些蒙，他们都是从已坍塌或破损的家里逃出来的，或是刚好在户外，地震后飞快地跑回来的。他们满脸悲戚，眼含伤痛，都在吃力地扒着那些废墟里被埋的人或财物。很少有人想说话。两人到不多的几家旅馆去找了，即使两家已变成废墟的旅馆也去看了，都没有找到老人的任何踪迹。

余震突然到来，楼群摇晃，砖石落下，一些原本损坏的建筑毁损得更严重了；一些摇摇欲坠的房屋彻底垮塌下来。人们没命地往空旷的地方跑。陈尔璧和杨耀东也想逃到一块绿地里，但相互扯绊，好几次摔倒。一块砖头砸在了杨耀东背上，砸得鲜血直冒。两人气喘吁吁地跑到一棵香樟树下坐下来。

陈尔璧看了看杨耀东背上的伤口："小伤，没事。"

杨耀东惊魂未定，有些恼怒地捡起地上的一块石头，再次用力地砸着脚锁上的钢丝，他带着哭音说："我不能跟你绑在一起陪你送死，假如刚才那块砖头砸在我的头上，我就去见阎王了！"

"要假设的话，一切都有可能发生，所以生活不能去假设。"

杨耀东更加用力地砸着钢丝，但一点用处也没有。他泄气地把那块石头扔掉了，哭丧着脸说："我怎么这么倒霉！"

"你其实很幸运。你想想看，正是因为我那个监舍是用来关押重刑犯的，所以修得格外牢固，在这次地震中才没有完全垮塌，你才能活命，假如你这两天没有被调来照顾我，还是待在原来的监舍，你可能真去见阎王了。你刚才看到了，你那个监舍只救出来了一个活着的，他最终能不能活下来，还不一定呢。"

杨耀东听完后，愣住了。"你他妈这么一说，我是不是还得好好感谢你？"

"就是啊。"

就在这时，他们突然听到从不远处传来的呻吟声。两人回头一看，发现那里躺着十几个伤员。陈尔璧一见，搓了搓手，站了起来，"我忍受不了这个场景。"

"你？"杨耀东感到不可思议。

"这也是他妈的命运的安排。"

陈尔璧扯着杨耀东朝伤员走去。

还不时有伤员朝这里抬来。看到陈尔璧在给伤员包扎，人们都觉得奇怪。

"罪犯晓得咋样救人吗？"

"他不会有啥其他目的吧。"

"不能让两个罪犯把伤员拿来瞎捣鼓。"

杨耀东听不下去了，站起来对大家说："陈医生是非常好的外科医生，刚才已救了很多人。"

"外科医生怎么还会犯罪呢？"

"这跟救人没有关系。"杨耀东把手叉在腰上，"大家看这附近有没有药店、诊所，赶快去找些急救药品来。还有，大家帮着留意一下附近，看有没有一个六十来岁、巴中口音、满头白发的老太婆。如果看到了，请告诉我们一下。"

一个中年人看到陈尔璧救人的样子很专业，就对大家说："看那个样子，人家应该是医生，也的确在救人，让他救吧，我们去搜些药品、器具来。"

几个人跟着他走了，另一些人找来门板，搭了手术台。

不一会儿，他们找来了手术刀、止血钳、酒精、药棉和各种药品，都堆在手术台旁边。

陈尔璧一上手术台，就只知道一个接一个地救人，似乎把其他一切都忘掉了。

十

谭乐为的手脚被捆绑着，怎么挣扎也没用。每隔几分钟，就有枪声传来。他知道那是那几个受伤的看守人员为了震慑犯人开的枪。他更是着急，想把捆绑自己的绳子磨断，但没有成功。过了大约半个小时，才碰到一个人，他赶紧喊那人来帮他松绑。

"同志，非常感谢！请问您贵姓？"

"免贵姓张，张平。"

"张平同志，你看到了，我是警察，叫谭乐为，您有手机吗？"

"有，但没有信号。"

"您能找到座机吗？座机可能还能打通，如果能找到座机，麻烦你拨一下这两个号码。"

张平把手机递给了谭乐为。

谭乐为把两个电话号码输入手机。"这两个电话如能拨通，请你告诉他们。西城看守所房屋全部倒塌，人员伤亡严重，有四十多人转移治疗，只有五名管教人员在带伤看守三十多名人犯，急需援助！"

"知道了，我会尽力。"

"非常感谢您的帮助！"

那人没有说什么，转身快步离开了。

他把枪找出来，朝陈尔璧逃跑的方向望了望，想追过去，又停住了。现在，他最急迫的是要看看那些参与救人的犯人怎么样了。

陈尔璧跑到救人现场，那几个受伤的管教人员松了一口气。其中一个说："你终于来了，刚才有人想跑，开了枪，才唬住了。"

"我刚才遇到了一点麻烦。"他突然想起陈尔璧一心救人的样子，没有说陈尔璧把他绑起来后挟持杨耀东逃跑的事。"我已经找人打电话求援了，那些休假和今天没有在所里的人，会很快赶回来。你们的伤怎么样？能坚持吗？"

他们都说没问题。

"老周有点悬，他刚才冒冷汗了。"

老周其实才三十来岁，但大家都习惯那样叫他，他说："没得事，我刚才开枪的时候，后坐力扯着伤口了。"

救出的人摆了好大一片，有些人昏迷着，清醒的人都在呻吟。那么多人间的痛苦累叠在一起，让痛苦无限地放大了，像无数把电锯拉扯着人心。谭乐为想，要是陈尔璧——这个人间痛苦的愈合者在这里就好了。

随着搜救范围的扩大，看守人员也得随之移动。谭乐为每次都得先把搜救区域设定好，找到三四个制高点，然后把犯人集中，让两名警察看着，再把其余的武器拿到制高点上，把受伤的管教人员扶上去，然后再把犯人押到那个区域。每次转移，他都累得够呛。

好在没过多久，地震时没在看守所的几个警察先后赶回来了，他们把受伤的警察替换了下来，又找到政府部门的救灾机构，把伤员运到了附近一家医院。

谭乐为简单地询问了市区的灾情，知道市区受灾不重，他舒了一口气。直到这时，他才终于有了机会关注一下家人和女友。

大家都劝谭乐为休息一下，但他看着逐渐暗淡的天光，说："我得去找陈尔璧和杨耀东，不知道他们现在在哪里救人呢。"

他也不知道自己为什么依然没有说陈尔璧逃跑的事。

经过坍塌的监舍，他看到他的金鱼还在鱼缸里活着，他没有去管，但有些欣慰。想起女友，他甜蜜地笑了笑，然后又恢复了自己警察的脸——比微笑时至少拉长了一寸。

"陈尔璧这个家伙如果只是要找他母亲，就肯定在这附近。如果要逃跑，就很难说了。但他要逃，一定会想办法把脚锁剪断，不让杨耀东跟着，杨耀东明天就要出去，一旦离开他，会马上跑回来找我，以撇清自己的嫌疑，但这么长时间过去，没见杨耀东的踪影，那证明他们还是锁在一起的，由此可以证明陈尔璧还没有打算逃跑。"谭乐为一边想着，一边往四下里望了望。

到处可见惨烈的景象，到处都是需要救的人。一些车队已经在往西疾驰，天上已有军队的直升机在盘旋。

他跑到一家四川特产店前，几个人刚把一个人从废墟里掏出来。"哎，警察哥，帮个忙！"一个小伙子喊住了他，他停住了。"帮我把这个伤员抬到前面的车上。"他没有怎么想，就弯下腰，抬起了躺在门板上的伤员。

就这样，他本想去追捕陈尔璧的，却不得不不时地停下来救人。他已离开看守所，他不知道杨耀东是否已跑回看守所去找他了，所以也就无法判定陈尔璧是否已逃亡，所以心里很着急。但他无法因为要把一个人追回来枪毙伏法，就不去救人。这个时候，后者更加重要。他只有把陈尔璧放在一边。

十一

陈尔璧原打算包扎完那十几个伤员后，就可以脱身，没想附近的人得知伤员抬到这里可以得到抢救，便都往这里抬。这里已用钢架、塑料布很快搭建起了一个临时救护所，能搜集到的药物都集中到了这里，几个医生护士也主动加入到了陈尔璧麾下。陈尔璧穿着人们找来的白大褂，戴着口罩，不看脚下的脚锁，已看不出他是个犯人。

"止血带。"

杨耀东赶紧把止血带递给陈尔璧。

"手术刀。"

陈尔璧话音刚落，手术刀已递到他的手上。

杨耀东现在已是一个熟练的助手。他一见这情形，就对陈尔璧说："完了，你跑不脱了！"

陈尔璧没有理他，对救援人员大声喊："今天晚上这里需要电灯，得找一台发电机来。"

几个小伙子赶紧跑开找发电机去了。

谭乐为一边救人，一边搜寻陈尔璧。救人的时候，他也没忘了帮着寻找和打听陈尔璧母亲的消息。他想，他如果是来寻找他母亲，一旦找到，他们肯定会在一起；如果没有找到，他也会在这附近。当他向人打听有没有看到一对连在一起逃跑的囚犯时，很多人都摇头。也有人说看见他们搀扶着一起跑，但往哪里跑了，他们也只能指个方向。谭乐为向那个方向追去，却连个人影也没有。

手机终于有了信号。他一下收到了数十条短信，但他根本没有时间回复。他给父亲打了电话，确定家人都安全，但女友的电话没有打通，手机开着，却没人接。他只好给女友的闺密打电话，没想手机关机。他有一种不祥的感觉。他向女友工作的幼儿园飞跑了一阵，想去看看，但他又停了下来。他不知道自己的眼泪是多久流出的，他像个孩子似的用袖子把眼泪抹去了。他感到背部的伤剧痛难忍，直入心肺和骨髓，让他直不起身子，他弓着腰，汗水直冒，忍不住大声呻吟起来，他眼前一黑，倒在了地上。

当他被抬到那个简易手术台上，陈尔璧一下僵住了。杨耀东看了一眼陈尔璧，惊讶地喊叫道："这不是谭警官吗？"

陈尔璧还是僵立在那里，好一会儿，他才像是明白了自己的身份，说："我们走！"

"医生，您往哪里走？这里还有这么多人等着你救呢！"一个帮着照顾伤员的志愿者说。

"那个……嗯……是这样的……这里的重伤员都已经救治了，其他地方还有人等着我们去救呢。"陈尔璧吞吞吐吐的，终于编了个谎。

"这个躺着的警察伤得也不轻啊，你先给他把手术做了嘛。"另一个志愿者拉住了陈尔璧的手。

陈尔璧站定了，他看了一眼谭乐为，发现他脸上有一道模糊的泪痕。他觉得自己突然有些虚弱，他用左手撑住自己的身体。有人说："要不，医生，您累了这半天了，先休息一下吧。"另一个人马上把一瓶矿泉水递给他，"医生，你先喝口水。"

陈尔璧眼睛有些潮湿，他咬咬牙，说："谢谢大家，我不累。"说完，他把水接过来，喝了一大口，然后递给杨耀东，"你也渴坏了。"

谭乐为的警服上满是血迹、尘土、泥污，已看不出原来的样子。他后背的伤口裂开了，伤口里也尽是脏东西。陈尔璧为他清洗伤口时，他醒了过来。睁开眼睛，看见陈尔璧，他有些惊喜，忘了自己有伤，要坐起来，但伤口疼得他龇开了牙。

陈尔璧按住他："警察同志，躺好，我在为你处理伤口。"

"原来……你们……在这里，害我到处找你，救治了多少人了？"

杨耀东抢着说："我一直协助陈医生，在这里重伤员就救治了三十多个。"

一个志愿者补充说："轻伤的还有好几十个呢！这些受伤的人真是运气好，能碰到这么好的医生。"

"老人家有消息吗？"

陈尔璧摇摇头。

"我也帮着找了。"谭乐为安慰他，"我相信老人家会没事的"。

"你家人都没事吧？"

"还好。"谭乐为又想起了女友，"只有女友的手机打通了没人接。"

"不会有事的。"

"我想也是。"

"没有麻醉药了，我要把伤口缝起来，你能忍受得了吗？"

"没问题。"

"杨耀东，给他嘴里塞团纱布。"

杨耀东把纱布塞到谭乐为嘴里。

伤口缝了 17 针，谭乐为双手扣住用作手术台的门板，死咬牙关，浑身冒汗，但没有喊叫一声。手术做完，他瘫在手术台上，半开玩笑地对陈尔璧说："痛煞我也，陈医生，你对所有警察的怨恨这次都发泄了。"

陈尔璧笑了，一边为他包扎，一边说："你还有力气说话啊，告诉你，我没有怨恨；如果有，我只恨自己。"

"那你不会再跑了吧？"

"跑与不跑，我的确没法回答你。"陈尔璧抹了一把额头上的汗水，"你刚才表现得很好，比得上关公刮骨疗毒了。我知道你也算是一条硬汉，但现在你要记住你是伤员，背上的伤口是没法干体力活儿的，安心地去休息吧！"

"哪儿能躺得住啊，我还要帮着找你母亲呢。"

"你愿干什么就干什么，现在，你先下手术台，还有人等着做手术。"

谭乐为被扶下了手术台。他并没有去躺着，而是就近指挥救灾去了。

陈尔璧医术高超，已被附近的灾民视为救命恩人。他叫人去做的事，都会有人抢着去做。他叫两个小伙子在救灾时留意一下，如有五金店，找一把好的钢丝钳来。一个小伙子很快就找来了。只有杨耀东知道他要干什么。他低声问他："你还要跑？"

"不连累你了。"

"我已经习惯跟你连在一起了，嫌我拖累你吧？"

"连在一起，还不拖累？"

陈尔璧趁人不注意，蹲下去，剪断了脚链。

"你现在自由了，我们都不再彼此拖累了。"

"你不怕我去跟谭警官告密？"

"你愿告就去。"

一辆拉运伤员的卡车开来，陈尔璧对老乡撒了个谎："我把他们护送到医院就回来。"说完就上了车。

杨耀东站着没动，车开动后，他向陈尔璧挥了挥手，喊了一声："保重！"

陈尔璧摘下口罩，也对他挥了挥手，笑了笑，重新把口罩戴上了。

杨耀东看着汽车远去，坐下来，他突然感到有些落寞，正要起身返回看守所，想起陈尔璧还没有音信的母亲，就决定先帮他寻找。

十二

陈尔璧走到半路，让驾驶员停车。"我要到这附近去救人，就不跟到医院去了。"

驾驶员没有说什么，让他下了车。

这里也是一片受灾很重的街区，离看守所也没有多远。他坐下来，把脚链上拖着的那截钢丝剪掉，这样，就一点也不碍事了。

他恍然觉得自己成了一个自由的人，他望了望不动声色的天空和遭遇了灾难的城市。"现在所有力量肯定都在救灾，如果要逃走，肯定是个好机会。但往哪里逃呢？如果知道母亲在哪里就好了，我可以找到她，陪陪她，即使再被抓进去，我也会感到心满意足。但现在，似乎天地无限大，想去的地方却只有母亲那里。"他有些伤感和无奈。

他站起来，不管方位地往前走。在看守所关着，他的确也分不清这个城市哪边是东，哪边是南。他身上的白大褂很快引起了人们的注意。几个人见了他，惊喜地大叫着"找到医生了，找到医生了"，一边飞快地朝他跑来，一边喊着："医生，有人不行了，快去救人！"

陈尔璧一见，转身想逃，却迈不开脚步。

一个人跑得快，气喘吁吁地先跑到了他跟前，第一句话就带着责备的意味："医生，现在这个时候，你竟然没有在医院里，没有在手术台前，我们在到处找医生啊，快跟我走！"

另外两个人也赶了上来，一个老人合了合掌："菩萨保佑，正需要救命的人，救命的人就来了。"

陈尔璧知道自己现在最该做的事就是逃跑，赶紧说："不好意思，不好意思，我……我不是医生。"

"你穿着白大褂，却说自己不是医生？"

"我……我是个逃犯。"

"你这个人过分啊，为了逃命，不惜编这样的谎！我一看你这个样子就是个医生。"那位老年人指着他。

陈尔璧无地自容。

最先赶上来的人拉着陈尔璧的手。"老人家的话是太着急说出来的，你不要往心里去。你肯定是医生，求求你去救救他们。"他伸出一双血糊糊的手，带着哭音接着说，"那里躺着二十六个人呢，有五个人是我们用手刨出来的，有一个死了，那四个都还有气！其中还有位孕妇，可能是受到惊吓的原因，要生娃娃了，但就是生不出来。"

陈尔璧知道自己又逃不掉了，突然想哭，一咬牙，说："你带路吧……"

一个小伙子一听，赶紧飞跑起来。陈尔璧因为腿部有伤，跑不快，那小伙子又跑回来，不由分说，背起他就跑。

"伤员现在放在哪里了？有没有药物和工具？"陈尔璧在小伙子背上问。

"伤员都在社区医院里。"

"那里没有医生吗？"

"哎呀，惨得很！据说他们两点多聚在一起开一个什么破会，地震后，都埋了，只有一名值班的护士幸免于难，但也伤得不轻，所以，医院里啥都有，就是找不到救命的医生！"

"得给我一点吃的，从早上到现在，我啥也没有吃；还得给我一点水喝。"他的肚子听到他的话，大声轰鸣起来。

"我这里只有半瓶水，你不嫌弃就喝。"小伙子把水递给他，"对了，我叫谢建蓉，建设蓉城嘛，是这里的社区主任。"

陈尔璧接过水，一口喝了。"我叫……你就叫我陈医生吧。"

谢主任朝后面的人喊叫起来："把带的吃的、喝的拿来，陈医生没有吃饭呢。"

两个人跑上来，一人掏出来几块饼干，另一个人拿出了半袋面包。

陈尔璧狼吞虎咽，几口便吃完了。

"吃的、喝的都不缺，我们都集中在医院附近，到了让你吃饱喝足。"

"希望有时间啊！"

"陈医生，您在哪个医院工作啊？是在内科还是外科呢？"

"西城看守所，外科。"他说出这句话，忍不住笑了笑。

"陈医生真会开玩笑。"谢主任也笑了。

"你是社区主任，你们这边发现过一位满头白发的老人吗？六十岁出头，头发白得跟雪一样。"

谢主任想了想，摇了摇头。"她是您什么人？"

"我娘，她今天刚好从巴中赶来看我。"

"我们一定帮你留意着。"

"那就谢谢您了！"

说话间，他们已到了社区医院。

谢主任跑去拿来了面包和水："陈医生，你先填填肚子。"

陈尔璧一边洗手、消毒，一边说："等会儿再说，得先给那位产妇做手术。我不是妇科医生，但我会尽力！"

产妇受了伤，可能是痛苦的原因，浑身是汗。陈尔璧要检查她的伤情，她抓住陈尔璧的手，乞求道："医生，不要管我，快救我的孩子，快救救我的孩子！"

陈尔璧检查后，安慰她："孩子没问题。你这是难产，我得给你做剖腹产手术。"

产妇安静下来了。

陈尔璧转身出了手术室，悄声对谢主任说："找一个女同志来给我帮忙。"

很快，谢主任带来了一个五十多岁的妇女。"她以前当过赤脚医生。"

产房外一下聚集了好些人，他们都是无力去救灾的老人和伤员，他们像是在等着自己家的孩子诞生。

婴儿的哭声传来，大家几乎不约而同地舒了一口气。

陈尔璧感觉自己有些虚弱。他瘫坐在一把椅子上，谢主任左手端着一碗泡好的方便面，右手端着一杯热水："陈医生，非常感谢您，您现在一定要吃点东西了。"

方便面是陈尔璧以前加班时常吃的东西，原来一想起就有些恶心。现在见到，却忍不住咽起唾沫来，似乎人生的全部味道都在那个方便面盒子里了。

"我按受伤轻重来手术，谢主任，你先让人把受伤最重的伤员抬到手术台上！"他像是受到了极大的嘉奖，心满意足地微笑着，"我几口吃完就继续抢救。"

谢主任说："好嘞，陈医生，听您的。"

方便面已不烫，泡久了，过于软了些。他几口下去，就只剩下汤水了，他喝得一滴不剩，然后很满意地咂巴了几下嘴，快步走进了手术室。

十三

杨耀东离开陈尔璧后，像是获得了解放，赶紧朝看守所跑去。他要去找谭乐为报告自己的情况。虽然谭乐为答应过他，把他和陈尔璧绑在一起是让他看住陈尔璧，但陈尔璧现在跑了；即使没有跑，他也担心谭乐为说话不能算数。毕竟自己明天就要出去了，他可不想哪怕在里面再多待一分钟。

他心情迫切，像是回家。但看守所除了废墟，什么都没有了。伤员都已拉走，看管人员和犯人去救援还没有返回，看守所显然已被后续搜救人员搜救过，很难看到的几只乌鸦——死亡和荒废之地的使者——不知是从哪里飞来的，不时聒噪几声，从废墟上飞起又落下。他竟然有些失落。他细想着看守所的建筑原来的位置和功用，然后来到了自己的监舍前。他惊奇地发现，谭警官的那个鱼缸还在，两条金鱼在里面还活着。

他捧着鱼缸，眼睛竟有些潮湿。他把那个鱼缸重新放好，折下一根香樟树枝，把它盖住。然后，他不知道自己该往哪里去，该去找谁。

想了想，他决定还是去找谭乐为。因为只有谭乐为能证明他在地震发生后所做的一切。他知道谭乐为会去追捕陈尔璧，而他知道陈尔璧是怎么逃走的。

他想起陈尔璧，心里有一种复杂的感觉。他突然意识到命运的确难以捉摸，显得过于残酷。他记得自己刚要调到9号监舍时，知道那个监舍关押着一名死刑犯，还有些害怕；但他第一次要和一名死刑犯待在一起，又让他觉得有些新鲜，而这种感觉在看守所里是很难得到的。但见了陈尔璧，发现他一点也没有电视剧里杀人犯那种阴险、毒辣、暴虐的样子，他身材高挑，清瘦，站起来身体很直，穿的囚服总是很整洁，看上去一副儒雅文静的模样，的确与他想象中的杀人犯反差太大。相处下来，一个监舍的人都很喜欢他。而他对自己的死亡已做好了准备，除了想起母亲会难过，其他时候，他的心情都显得很平静。而杨耀东知道，陈尔璧的医术的确高超，在这种灾难面前——在死亡面前，他就是救星。如果不被枪毙，不知道一生能救多少人呢。所以，他真心希望他能逃走，永远不要再被抓住。

杨耀东找到谭乐为的时候，看到他正组织人在幼儿园救人。

杨耀东有些激动，大声喊道："谭管教。"

谭乐为一见他，就猛地盯住了他的脚："谁剪开的？陈尔璧呢？"

"陈尔璧，他……送伤员去医院了，我来找您，就是来向您报告这件事的。"

"你不要包庇他，你知道包庇罪的后果。"

"他的确是送伤员到医院去了。"

"你怎么没有制止他？"

"他手里有手术刀，假如……"

"他往哪个方向跑的？"

杨耀东犹豫了一下，指了指南边。"难道你非要把他抓回来枪毙掉？"

"废话！"

"他已经至少救了四五十条人命。"

"那是两码事。"

"我知道了。"

"现在又没人管你，你怎么不逃跑啊？"

"我才没那么傻呢。有一个好消息想告诉你——"杨耀东卖了个关子，故意不把话说完。

"现在哪里还有好消息！"谭乐为情绪低落。

"你的金鱼缸还好好的，两条金鱼都活着，整个看守所只有它们还在了。"

"谢谢你。"

杨耀东把藏在袋子里的一个馒头摸了摸，没有舍得拿出来。但看到谭乐为的样子，他还是掏出馒头，递给了谭乐为。

"谭管教，补充一点体力吧。"

谭乐为咽了一口唾沫，接过来，掰成两半："谢谢你，你也吃一点儿。"

杨耀东连忙推辞："我肚子不饿。"犹豫了一下，问道，"谭警官，明天是我刑满释放的日子，现在看守所已经没有了，释放手续我过一段时间回来取，可以吗？"

谭乐为一听，差点儿被噎着，把吃了一口的馒头还给他，"原来你是在贿赂我啊！"

杨耀东把馒头塞回给谭乐为："我只不过想问一下。"

"我没有这个权力。"

"那我就跟着你，你到时一定要证明地震后我一直是守法的。"他看见谭乐为眼睛有些潮湿，小心地问，"你给家里打电话了吗？"

谭乐为抬起头来，眼里含泪。他掩饰性地抹了一把脸："太热了，汗水迷得眼睛都睁不开。"

谭乐为说完，来到几具摆放着的遗体旁。他掀开盖在一具遗体脸上的衣服，跪下去，亲吻了她的额头，然后重新把脸盖上："悦娴，我不能照顾你了……"

"谭管教，她是……？"

"我未婚妻金悦娴。"谭乐为站起来，"你就在这里帮着救人吧，我抓住陈尔璧后，再来这里找你。"他说完，拔腿向东边追去。

"他往南边跑了！"

"你他妈的以为他真会去医院？真会往南跑？"

天上下起了雨，像是老天为这场灾难落泪。

谭乐为浑身湿透，他问了好些人，有没有看见一个穿着白大褂的瘦高个医生。有一个人说他看见过，待追过去，的确有那样一个人，但并不是陈尔璧。谭乐为又饿又渴，伤痛让他每跑一步都感觉背部被撕裂了一次。他觉得自己的身体越来越虚弱。他找到一个自来水龙头，猛喝了几口水，忍着疼痛，喘了几口气。他想起了女友，想起了她怀里抱着的孩子——怎么也掰不开她的手，费了很大的劲才把她和怀里的孩子分开，想起她死亡时还是奔跑的样子，想起了她满是尘灰的脸——他都来不及给她擦干净，他早晨还亲吻过的脸蛋已经冰凉，吻过的嘴唇已经苍白，注视过的眼睛已经闭上。他撕心裂肺地哭了，却没有哭出声，只觉得身体被自己的哭撕得粉碎。

但他只能给自己几十秒沉入悲痛的时间，他一定要把陈尔璧找回来。

谭乐为断定陈尔璧不会跑得太远，甚至在没有找到他母亲之前，他不会离开这里。这么想着，他内心的压力似乎小了些。他突然想起了杨耀东的那句话——难道你非要把他抓回来枪毙掉？这个问题他还真没有想过。自从成为警察，他一直都是听命行事。现在，他突然觉得面对陈尔璧这样一个人，这个问题变得很难回答。但这种犹疑很快就消除了。他对自己说了句："废话！"

要在晚上追捕一个逃犯无疑是大海捞针。正当他绝望的时候，看见前面有一团灯火。他跑过去，看到那里的人在有序地忙碌着。不时有伤员抬来，志愿者在主动献血，经过救治的伤员又送到了医院；有力气的在救人；年老的人在照顾更老的人和孩子；还有些人把水和食物收集起来，集中烹煮，分发给饥饿的人。

谭乐为在一口煮着粥的大锅前站定，咽了口唾沫，肚子里的轰鸣声随即传出。一位老阿姨把一碗稀粥舀好："孩子，来吃一碗。"

"谢谢阿姨。"谭乐为喝了一大口，烫得他没有咽下去，差点又吐回到碗里。

"孩子，不要急。"

"阿姨，我有急事。"谭乐为倒了半杯凉水进去，搅了搅，端起碗，几口喝进肚子里。

"这么大的灾难，谁都有急事。"

"我要抓一个犯人。阿姨，你见过一个腿受了伤、穿着白大褂、身高一米八、很文气、四十来岁的医生吗？"

老阿姨想了想："你说的不会是陈医生吧？"

谭乐为有些惊喜："阿姨知道他的名字？他在哪里？"

"只知道他叫陈医生。"老阿姨看了他一眼，"人家一直在这里救人呢，忙得气都没来得及喘一口，他不会是你要抓的犯人吧？"

"哦……应该不是，你说的这个陈医生可能是我的一个朋友，地震后，我一直没有他的消息。"

"那你可以进去看看。"

"我在窗子外头看一眼就行了。"

"那也好，陈医生那么忙，又在救人，最好不要打扰。"

谭乐为道了谢，来到手术室的窗外，看到那个身影的确是他熟悉的。他盯着陈尔璧，盯着陈尔璧那副忘我的样子、盯着他头上的腾腾热气，盯着他如此娴熟地做着手术，心里突然涌出一种异样的、从未有过的感慨："人类为什么会犯他妈的罪呢？"

他在夜色里站了好一会儿。"你忙吧！"谭乐为转身离开的时候，有些不相信自己。"我他妈的竟然没有管他，竟然没有把他抓起来。"他似乎有少许的得意，"人家在救人，我为什么要管他呢？我要做的，还是去帮他找到他母亲吧。"

灯光照着他的后背，越来越暗，最后，夜色把他吞噬，像夜雨把他抹掉。

他往看守所的方向走。他确定老人会在看守所前面那片区域找个地方安身。他想起了那栋高耸的烂尾楼。没有地震前，那里就在等待开发，几乎所有人都在等着拆迁，等着一夜暴富。有开发商已在这里掘过金，修了那栋高楼，但当时这里实在偏僻，没人愿意来买，血本无归，就烂在那里了。没想几年之后，城区像潮汐一样，很快漫延过来，眼看这里就要成为一块金钱横溢之地，但那个老板一身债账，虽然多次来这栋楼下凭吊过，但已无回天之力，只能泪流满面地哀叹一番。那种地方常常是刚来城市的打工者、乞丐和流浪汉的居所。他远望了一眼那座高耸在雨夜里、被模糊灯光镀出身影、只有一副骨架、显得很是诡异的高楼，忍着伤痛，快步向那里跑去。

谭乐为有一种经验，也有一种警察的直觉，觉得老人可能会在那栋楼里，而那里是个容易被人忽略的地方。

参与抢险救灾的志愿者越来越多，但一些人不知道该干什么，谭乐为让他们跟着他走。

围绕着烂尾楼赘生了一片粗陋的棚屋，但差不多都在地震中坍塌了。这里很安静。一只拴在屋檐上的狗没能挣脱，恐惧地哀鸣着。谭乐为把它解开，看着它跑掉，然后带着大家开始搜寻幸存者。

地震的时候住在这里的人大多都外出讨生活去了，留下的人不多，加之这都是些破瓦烂砖搭建起来的简易居所，即使坍塌，也造不成太大的伤害，但还是有人伤得不轻。谭乐为指挥志愿者把重伤员抬到附近的救护点去，然后开始逐屋逐户地搜索。

他问那些人有没有看到一位满头白发的老人今天下午到这里来过？很多人都摇头，只有一个老头说，他看到过，但他眼睛花，没看清楚，其他人就笑，说这老叫花子的眼睛看不清楚人，只看得清楚鬼。

谭乐为一听，还是有了希望。搜索的时候，他们又找到了三位遇难者、七个受伤的人，但始终没有找到陈尔璧的母亲。

他失望地坐下来，用矿泉水吞咽着面包，强迫自己不睡过去——他一夜未睡，两眼发红，疲惫得像一摊稀泥，但他知道，七十二小时内的时间对于救援非常重要。他对自己的伤痛似乎已经麻木。远处一只公鸡啼叫起来，鸟儿从一棵树飞到另一棵树上。他看了一眼笼罩在清晨雾气中的朦胧城市，又抬头看了一眼这座只有框架的高楼，突然想起应该到楼上去看看。

楼上也有用残砖破瓦搭建起来的临时居所，分成了迷宫似的众多房间和巷道，但昨晚天黑，他们没有注意到。他朝下面的人大喊了一声："快到上面来！"

人们都累了，有些人靠着个什么东西，立马就睡着了；但听到喊声，都陆续醒来，往楼上爬。

　　搜寻了两个多小时，找到了四位被砖墙压着的受伤者。然后，谭乐为终于在一个角落里找到了陈尔璧的母亲。她可能是想靠墙歇息，不想地震发生后，砖墙倒塌后压住了她。谭乐为的一双手早已血肉模糊，他找来破布包裹着，使劲扒开那些砖瓦。老人家的白发染成了土灰色，右小腿骨折，吐出的血结在嘴角处，都快变黑了。她脸色铁青，身体虚弱，昏迷不醒，似已断气，谭乐为对老人进行人工呼吸，把老人救了过来。她吃力地睁开眼睛，看了几眼谭乐为，盯着他身上几乎已看不出本来样子的警服，问他："你是公安同志？"

　　"阿姨，是的。"

　　"我去看我儿子的时候，我见过你。"

　　谭乐为点点头："是的。"

　　"你们……把我儿子……送走了吧？"

　　"还没有，本来该今天，这不地震了嘛。"

　　"哦，你们不救我就好了，我就可以跟我儿子一起走了，我都觉得我走了好远的路了。"

　　"阿姨，你不能这么想，我得送你到医院去。"

　　老人一听，就很紧张，连连说："不去，不去，千万不要送我去。"

　　谭乐为很是惊讶："阿姨，您受了伤，必须要治疗。"

　　"你不要管我就行，反正不要送我到医院去。"

　　"阿姨，我们看守所在地震中震塌了，您儿子陈尔璧医生的判决可能最近几天都没法执行，您不赶紧到医院把伤看好，到时怎么看望您儿子？"

　　"那他现在在哪里啊？"老人激动起来。

"他在救人。"

"他还有资格救人吗?"老人流泪了。

"当然。他救了很多人。"

"他是个好医生,但他成了罪人。"

"阿姨,罪人不一定就是不好的人。犯罪有各种原因。"

"唯愿他能在这个时候多救些人,下辈子少些罪孽。"

"他一直在救人呢,走,现在我送您到医院去。"

老人家还是摇头,过了一会儿,她小心地问:"可以让我儿子给我治疗吗?他当了一辈子医生,还没有给我治过病、疗过伤呢。"

"老人家,他那里条件有限,我们直接去医院。"

老人家忍了忍,惭愧地说:"公安同志,到医院要很多钱,我们那里有人住过院,我知道。跟你实说了吧,我……我身上没有一分钱,我来看我儿子,都是从巴中走路来的。"

"什么?七八百里路呢!"谭乐为惊呆了,他哽咽着说,"阿姨,您不用考虑这些,不会让您花钱。"

老人还是不相信:"治伤不花钱,哪有这样的好事呢?"但她没有再拒绝。把她抬上救护车后,他对谭乐为说,"你跟我儿子说,让他不要管我,只管多救些人,我出来后去送他。"

十四

陈尔璧觉得自己在救人与逃命这两个选择之间被撕裂了。他在心里骂自己,一个马上就该被正法的死囚犯,不去逃命,却忍不住要去救人,真是荒唐。

他总想逃走,但当一个接一个的伤员被抬进来,他又觉得自己没法抛弃任何一个。手术需要他专心致志，不能分心，但自从剪断脚链，获得自由，他就变得像刚从笼子里逃出的麋鹿一样警觉。他突然觉得自己有了可心无旁骛，却又能眼观六路、耳听八方的本领。他开始的确想知道母亲的下落，但他很快想通了——如果母亲能够在这次灾难中幸存，她一定不想抱着儿子冰冷的骨灰盒度过余生。他做的人生的最后一个梦似乎就是这个意思。所以，当谭乐为在窗前看他时，陈尔璧其实也看到了谭乐为。谭乐为没有抓他，让他有些感动。但他也在琢磨着尽快离开这里。直到 13 日清晨，伤员才少了。他觉得自己一定要离开了。他说他要上个厕所，然后跑了出去。

人们似乎惊魂稍定。他冒雨来到一个已没有人的建筑工地，找了一身衣服和一双胶鞋，把血迹斑斑的白大褂和里面的囚服换掉了；这样，他看上去就像一个在建筑工地打工的农民工了。

他找了一点吃的，拿在手上，边走边填着肚子。他决心向南边跑，他曾到云南边境地区背包旅行过，边境容易偷越，他可以越境去越南、缅甸或老挝。他觉得凭自己的医术，他在那里完全可以谋生。但他太累了，感觉自己就是一摊稀泥，连站立都费劲。他想随便找个地方躺下大睡一觉，但他不敢，他踉跄着向南边跑去。

谭乐为回到社区医院，没有找到陈尔璧。他问社区主任谢建蓉："那个陈医生呢？"

"他今天早上说他要出去上厕所，然后就再也没有回来，我们也找了，人影都没有，可能是回自己的医院去了吧。"

"哎呀，这家伙还是跑了。"

正在这时，杨耀东也找到这里来了——他似乎只有找到谭乐为，自己心里才有底。

"抓到陈尔璧了吗？"

"跑了！"谭乐为很是沮丧。

"也不一定啊，说不定他又到别的地方救人去了。"

"这次难说了。"

"是不是要组织警力追捕啊？"杨耀东语带嘲讽。

"现在我就是警力。我要去追他，你得跟我一起去。"

"这到哪里找去？你都累得站不住了，你在这里休息，我去找。如果找到，我肯定能把他抓回来。"

"你怎么抓？"

"我抱住他，大喊他是逃犯，自然有人会来帮我。"

"天真！还是我自己去比较放心。"

"陈尔璧如果要逃，我们一时半会儿是抓不住他的。但他可能根本就没打算那样做，所以您不用跑那么快。"

"只要有任务，就慢不下来，习惯了。"

杨耀东不再说什么，只好跟着谭乐为吃力地往前跑着。但他跑了一阵，就坚持不住了。"我跑不动了！"他大喘了几口气，坐在了一棵树下，"我要歇一会儿。"

谭乐为已没有力气管他，只管自己摇晃着往前追去。

十五

陈尔璧实在太累了，他找了一个废弃的铁皮棚子，坐下来，想休息一会儿。没想一坐下就睡着了。

他做了一个梦，梦见自己陪母亲走在老家的土路上，阳光有一种毛茸茸的暖意。桃李开在路边，再远处，梨花如雪。

——每次回家，母亲都会在望乡台等他。有时会等上一两个小时。母子俩看见彼此的身影，整个世界就会有一种极乐的颜色。

母亲在前面走着，感觉走得并不快，但他老觉得跟不上她。

即使从母亲的背影里，也可看出她内心的喜悦。他跟在母亲身后，像小时候一样。但不知道什么时候，母亲身边多了一个人。他跟母亲说说笑笑的，很是亲密。他想知道他是谁。他紧走几步，从侧面看清他跟自己的年龄差不多，他想了想，这不是爸吗？

"爸！"

爸回过头来，对他慈祥地笑了笑。爸比他还年轻，和母亲已不般配。

"爸，你多久回来的？"

"我一直跟你妈在一起啊，我还能到哪里去？"

他有些迷糊了，想了想，觉得父亲也的确没有离开过老家。

父母说着什么，不时笑一声。他知道，他们之所以这么高兴，是因为自己回家来了。他想自己初高中住校，每个月回家一次；大学在北京读，暑假打工，只在寒假回家一次；之后去美国留学，四年只回了一次，不觉有些惭愧。

然后，他突然记起自己马上就要被枪毙，再也回不去了，不禁悲恸不已，号啕大哭起来。父母回过头，像看着一个哭闹的三岁幼童，什么也没有说。他跪下去，向父母磕头，当他再次抬起头，已不见父母身影。大地摇晃、撕裂，冒出泥浆和血。他趴在地上，一动也不敢动，但还是感到眩晕。待一切静止，他再向四周望去，不见巴山，也不再有无边春色，只余一望无垠的荒漠和铅云密布的天空。世界由彩色变成了黑白。他四顾茫然，一下惊慌起来，觉得自己被世界抛弃了。他感到窒息，难以呼吸。他挣扎着……待醒来时，浑身是汗，铁皮棚子抖动着，垮塌下来，发出刺耳的声响。他突然意识到，这是余震，他躺了一会儿，回忆起梦境，想起自己竟然又做了一个梦，觉得格外珍贵。而三十多岁就去世的父亲竟然能在梦中见到，又让他悲欣交集。他从铁皮棚子下钻出来，看到好多人从建筑物里往外跑，惊慌地聚集在一起。

小睡了一会儿，他觉得自己的体力恢复了一些，想起梦境，他对自己说："我必须要逃跑。"

但他有些迷糊，一时不知自己身在何处，也不知东南西北。想起茶店子有到昆明的长途班车，便问一个人到茶店子该往哪个方向走。那人想了想，往四面望了望，不敢确定，又跑去问了附近的一个人，然后跑回来，热情地对他说："往东走两站路有公交车，只是不晓得现在是不是还有车在跑。"

"谢谢，非常感谢！"

"这有得啥子。"那人看了看他，"身上有没得零钱？"

"都埋了。"

"就是啊，一些睡午觉的人都只剩下裤头了。我身上也只有几十块钱，你先拿着。"

"不不不，这哪能行啊！"

"都这个时候了，还有啥不行的？一分钱难倒英雄汉啊，难道你要走路走到茶店子不成。"那人说着，把钱硬塞到了他的上衣口袋里。

陈尔璧感激不已，又连道了好几声谢谢。

这就是这个城市里的人，他喜欢他们，因此也喜欢这个城市——这正是他当年留学回来选择到成都来工作的原因。

他看到了那个公交车站，不由得加快了脚步。站台上没有人，但就在他看站牌的时候，谭乐为突然站在了他面前。

陈尔璧吓了一跳，"你在这里来干什么？"

"刚好路过。你呢？你跑到这里来干什么？"

"我也刚好路过。"

"路断了，公交车停了。"

"哦。"陈尔璧很平静，仍看着站名，"你这个警察很厉害啊，知道我要到这里来。"

"我也刚到一会儿，这是远郊，比较近的公交站只有这一个。我想，与其到处找你，还不如到这里来碰碰运气。"

他们并排往回走着，像老朋友。

"你该早些跑，不要去救人。"

陈尔璧笑了笑："职业病。"

"你母亲找到了。"

陈尔璧一下抓住了谭乐为的肩膀，"她没事吧？她在哪里？"

谭乐为的脸痛苦地皱成一团，"你弄疼我的伤了！"

陈尔璧赶紧松了手。

"阿姨受了一点小伤，现在在医院里，没有什么事的，估计休息一下就能出院。"

陈尔璧舒了一口气，突然哭了："谢谢你！"

谭乐为拍了拍他的肩，笑了："没想到你这么帅一个人，哭的样子这么难看。"

陈尔璧被他说得止住了哭："我想去看看我娘……"

"走，我们现在就去。"

陈尔璧心情迫切，走得很快。越往西走，灾情越重，人也越少。路过成都银行西郊支行的废墟时，谭乐为看到有人准备钻进去拿东西，他喊叫了一声："嘿，我是民警，你马上离开！"

那人影子一样消失了。

谭乐为有些抱歉。"我必须守在这里了。"

"那我也不能离开了。"

"我们现在不能去看望老人家了。"

两人在银行前的一棵香樟树下坐下来。他们都很累，谭乐为更是。他一坐下来，眼皮就打架。他怕自己睡着，不得不站起来。

"我太困了，我得把你绑起来，然后眯一会儿。"

"没问题。"

谭乐为找来一段电线，把陈尔璧的手反过来，绑在了那棵香樟树上。然后，他再次挨着他坐下来，往树上一靠，就扯起了呼噜。

陈尔璧有些怜悯地看了谭乐为一眼，发现这个年轻的警察一夜之间变老了。

陈尔璧刚才在铁皮棚子里最多躺了二十来分钟，他靠在树上，似乎不用再担惊受怕，便想再休息一会儿。但想到自己做的梦，想到自己今天回到看守所，可能就会被正法，他的手不由得摸了摸捆绑自己的电线，然后用力想挣脱出来，但电线越挣越紧。

他知道自己是徒劳的，叹了一口气。"刚才在公交站只有他一个人，如果我转身跑掉，他是很难抓住我的，但我乖乖地跟着他走了这么远。"他觉得自己有些不可思议。他不再动，眯上了眼睛。

周围很安静，除了偶尔有银行砖墙坍塌时发出的吱嘎声，似乎就只剩下尘埃落地的声音了。

陈尔璧正想迷糊睡去，突然听到了"当、当、当"的敲击钢筋的声音，然后听到地下有声音传出来："救我 ——，救我——"那声音很低，像从地狱里发出的。

"废墟下还有人活着！"他踹了谭乐为一脚。

谭乐为一下惊醒了。"怎么了？"

"银行的废墟下还有人活着，在敲钢筋呢，听！"

但再也没有声响了。

"哪有人啊？你肯定幻听了，让我再眯一会儿。"谭乐为有些伤感，"我刚才梦见女友了，她在找我呢，眼看就要找到了。"

"谭警官，你还有心做'春梦'啊，真的有人呼救，你解开我，我要去救人。"

谭乐为有些怀疑地看了他一眼："你不会是想着要逃跑吧？"

"当然想。"

谭乐为解开了捆绑他的绳子。陈尔璧跑到废墟前，也用砖头敲击钢筋，然后大声喊叫："我刚才听到你的呼救了！"

过了一会儿，敲击钢筋的声音再次传来，只是像已用尽了力气，敲击声很轻。

谭乐为也听到了。两人确定了声音传出的地方。

水泥和砖块累叠着，非常危险。

"我在前面。"陈尔璧说。

"我是警察，你得在我后面。"

"你背上有伤，不利索。这是救人，手脚得麻利。你还年轻，我如果死了，算是赎罪，还可以节约一颗子弹，这个机会你应该让给我。"陈尔璧说着，挡在了谭乐为前面，钻进了废墟里，把里面的砖头、水泥扔出来，"你最好去找个工具来。"

"你等着。"谭乐为说着，钻出去了。

谭乐为找到了一把十字镐、一把钢丝钳。他很奇怪自己能放心地把陈尔璧扔在那里。当他拿着工具回到救援现场，陈尔璧正像一只奇怪的动物，在废墟里专心打洞。

大概用了一个半小时——就在他们马上要接近被困的伤者时，余震再次发生，眼看谭乐为头上的一块水泥板要塌下来。陈尔璧大喊了一声躲开，用头把谭乐为一顶，紧接着把十字镐立起，撑住了水泥板，使谭乐为没有被水泥板压住。

谭乐为回头一看，倒吸了一口冷气，想说感谢的话，但觉得所有的话都显得多余了。

"快找点啥东西来把这水泥板撑住，不然塌下来，我们就白费劲了！"

谭乐为赶紧钻出去，找来砖头，撑住了水泥板，然后说："得赶快把受伤的人救出来，我怕这砖头支撑不了多久。"

"我马上就靠近他了。"

陈尔璧把几根钢筋剪断，推开砖块。来到了伤员的身边。伤者大概四十来岁，一根钢筋从背后刺进去，从小腹穿出来，因为失血过多，已经昏迷，而和伤者在一起的另外两个人已经死去。陈尔璧小心地把穿过伤者的钢筋剪断，给他包扎止血后，一点一点地把他从用砖头支撑起来的水泥板下推送出来。

谭乐为把伤者接住，用力往外拉。突然，那块水泥板垮塌了下来。陈尔璧被困在了里面。

"陈医生！"谭乐为大声喊叫。

"快把伤员送到医院，不要管我了！"

谭乐为把伤员拖出来，看了看废墟，舒了一口气，说："你反正要死的，如果在这里罹难，我以后会常来看你的。"

"这地方不错。不过，我救了这么多人，不能减刑吗？"

"有可能吧。"谭乐为摸了摸衣服口袋，把身上的 650 元钱卷好，扔进了废墟里，"这里有点钱，你自己如果能出来，去吃顿好的。"

陈尔璧笑了："你这不是成心放我走吗？"

"不要胡说八道，我只知道你他妈的被埋了！"

十六

谭乐为在送伤员去医院的路上，碰到了到处找他的杨耀东。杨耀东替他把伤员背上："谭警官，陈尔璧没有抓到？"

"抓到了。"谭乐为停顿了一会儿，想了想，"可惜救人的时候被废墟埋了。"

"真是可惜！他救了这么多人，如果活着，肯定会从死刑改判死缓的。"

"是啊。"

杨耀东有些难过："谭警官，他埋在哪里你记得不？"

"到处都是废墟，我只管救人，也没有在意，反正离这里不远。"

他们把伤员送到医院，已是午后。两人疲惫不堪地向看守所走去，他们准备顺路去接陈尔璧的母亲。

"如果不是这场地震，陈尔璧现在应该刚被正法。谭警官，等会儿见了老人家，怎么跟她说呢？就说正法了？"

"这个时候，怎么可能正法呢？就告诉老人家实话，说他儿子救人时被埋了。"

"这样说也行，陈尔璧不是枪毙的，老人家心里会好过很多。"他挠了挠头，"谭警官，你看这样行不行，我出去后，想认老人家为娘，来替陈医生尽孝。"

"这很好啊，我们一起吧。"

"可你是警察。"

"你都能那样做，警察就不行啊？"

"不是……我是激动，那我跟你是兄弟了？"

"当然啊，我们都是老人家的儿子嘛！"

杨耀东看着谭乐为，双眼潮湿。"谢谢你，老弟！"

他们赶到医院时，老人家坐在走廊的椅子上，痴迷地看着窗户外的天空。谭乐为喊了两声阿姨，她才回过头来。一见是他，激动地站了起来。

"我儿子……他走得可好？"

谭乐为让老人坐下。"阿姨，地震后，你儿子一直在救人，今天上午，他在救人的时候，被埋了，可能难得出来了。"

"您是说，他是救人死的，不是被执法枪毙的？你没有哄我吧？"

"的确是。余震发生时，废墟要塌下来，他把我推了出来，没有他，我可能也已经死了。"

老人家没有说话，老泪大颗大颗地从昏花的眼睛里滑出来。"我儿子走得好，多谢你！"

"我们得接您回去。我和杨耀东商量好了，我们以后都是你的儿子，我们会好好照顾您的。"

老人家一下站起来，"我……我哪儿配有你们……这样好的孩子啊！"

杨耀东也走到老人家跟前。"阿姨，您老只要不嫌弃我就行。您放心，我以后一定学好，不会再犯错了。我已服刑期满，等两天就可以送您回老家去。"

老人浑身颤抖着，双手分别抓住他们的一只手，"孩子，多谢你们，多谢你们！"她又望了望布满阴云的天空，说了一声，"也得谢谢老天爷！"

谭乐为去找医生，问老人家能否出院。医生看了看他，问道："你是她儿还是她孙啊？"

"儿。"

医生把他上下打量了一番，"警察同志，不是我说你，你还是要多关心一下你妈，她的伤没什么问题，就是营养不良啊，你得多给她吃些有营养的东西。"

谭乐为有些不好意思。"我妈啥都好，就是不好好吃饭。"

谭乐为回到老人跟前，扶起她："妈，我们出院了，现在忙，您得跟我先回看守所，等灾情过了，我们才能送你回去。"

杨耀东要背着老人走，老人家不愿意，坚持要自己走。当她回到看守所，看到那里已一片废墟，有些不相信自己的眼睛，"没想到连这里都震成这样了！"她回过头来，看着谭乐为，"你能给我指一下，我儿子原先待的地方吗？"

谭乐为带着她来到坍塌的监舍前，给她指了指关押陈尔璧的监舍废墟。

老人家望了望虚空，很是欣慰地说："璧儿，你为了救人走，娘心里很高兴。你自己安心就好，不要牵挂我，我会照顾好自己的，何况还有谭警官和你的朋友杨耀东呢。他们说，他们都是我的孩子，他们会替你照顾我。你看，这人世对我多好，你走了，我却又有了两个儿子。"

老人没有流泪。她回过头来，对他们充满慈爱地笑了笑。

谭乐为找到了那个金鱼缸，两条鱼的确还活着。谭乐为把鱼缸抱在怀里，想起女友，想起那么多遇难的人，他想大放悲声，但他忍住了。

老人家摸了摸鱼缸，"两条鱼还活得好好的。"

杨耀东说："那是他女朋友送给他的，地震时，他正在卫生间里给金鱼换水，这救了他的命。"

"真是老天保佑啊！你女朋友好着呢？"

谭乐为转过身，好一会儿才说："好着呢，好着呢。"

杨耀东听他这么说，也偷偷地抹起泪来。

谭乐为把鱼缸放好，把老人家安置在一间幸存下来的还很牢固的房子里，和杨耀东把震歪了的旗杆扶正，把收集到的铁丝网集中起来。"过不了多久，他们救完人还得回来，得给他们收拾个地方。"他以旗杆为中心，用铁丝网圈了一块椭圆形的隔离区，把两栋已经受过地震考验、没有垮塌的房屋收拾出来，把能用的囚服、被褥整理好，算是建起了一个临时的西城看守所。

下午五点多钟，管教人员领着囚犯回来了。囚犯们疲惫至极，换了衣服，倒头睡去，看守人员不能怠慢，只能轮班休息。

夜色慢慢沉了下来。远处仍有喧嚣之声，救援还在继续。谭乐为已知道这是一场巨大的灾难，所有的管教人员和囚犯稍事休息后，还得赶到新的救灾点去。他站在哨位上，守护着看守所里所有人的睡梦。背上的伤痛扯得他龇牙咧嘴的，他不停地倒吸着含有凉意的潮湿空气，似乎这样做了，他的伤痛就会缓解一些。

灾难使这片地区成了一片旷野，雨后的蒙蒙雾气使这旷野似乎没了边际。他学着老人家的样子，看了看天空，对女友说："你是天使，你走好。"

然后，他把目光从深邃无比的天空收回来，向前方看去。他惊讶地看到一个身影从雾气里走了出来，那个身影偏偏倒倒、一瘸一拐的，似乎随时都有可能倒下去，但他坚持着。

——那个身影瘦高，文质彬彬的。

谭乐为惊喜地老远就向他挥手。

那个身影径直向谭乐为走来，一直走到哨位前，站好，吃力地对谭乐为说："死囚……陈尔璧……前来……向你……报到……"他说完，就要倒下去。

谭乐为一见，大步跨上前去，一把扶住了他。

无名之地

一

从往奇台达坂去的堆垒望下去，红柳滩像一坨风干的牛屎。一座兵站靠在新藏公路左侧，背后是一座秃山，秃山再往上就是金字塔似的无名冰峰，闪着银光的峰巅顶着无垠苍穹和看不见的巨神的屁股。

兵站再远处，寄生着三家世界上最简陋的饭馆。一对汉族夫妻卖四川炒菜；一个甘肃嘉峪关的中年汉子卖兰州拉面；一个和田的维吾尔族小伙子卖馕和烤肉。靠北那家酒吧是最后才来的，搭了四顶白色的帐篷——一顶大帐，三项围绕着大帐的小帐，它们在那个荒凉无比的地方，显得比白宫还要耀眼，它有一个醒目的招牌：天堂酒吧。酒吧里卖啤酒、白酒、各种饮料，还养了三个打扮得像塑料花似的女人。统领三个女人的是一个叫"黄毛金牙"的家伙。

其他三家饭馆原是没有名号的，一看那阵势，觉得也该有个店名。卖川菜的小店是土坯建的，店主叫刘大财，四川巴中人，上过初中，就赶紧在硬纸箱壳上自书了"新藏天路四川酒楼"，挂在了低矮的门楣之上；卖拉面的馆子是石头垒的，马德小学毕业，也找了张三合板，自书了"喜马拉雅兰州拉面店"的牌子，那些字看上去像一群蚯蚓；维吾尔族小伙子艾孜拜不会写汉字，但他的招牌最气派、最醒目。他跟兵站指导员关系好，找指导员用部队写标语的排笔大书了"乔戈里高峰艾孜拜888清真烤馕烤肉店"，招牌把纸箱搭建的小店都快遮没了。

在新藏公路上往返奔波的人，大多会在此停留，吃一顿热饭，然后就一头扎进天堂酒吧里，使这个原来只偶尔被盘羊、高原狼、雪豹和天上的乌鸦及秃鹫打量的地方，显出一番梦幻似的繁华来。红柳滩这个寂寂无闻之地，在新藏线上也就越来越响亮了。

刚开始的时候，好些人还不好意思到酒吧去，后来就要排队了。

除了偶尔会看到聒噪的鸦群因抢夺垃圾里的食物而翻飞缠斗。这里一年至少有三个月时间都是和平安宁的，甚至有点世外桃源的感觉。

天空是高原的天空——无限深邃，无限蔚蓝，以致让荒凉显出了生机，雪变成了蓝色，荒原笼罩了神圣的光芒。

叶尔羌河急切地流向自己的葬身之地——浩瀚的塔克拉玛干沙漠，太阳在天空无声地运行。看不见风，但可看到几丛红柳一次次被风粗暴地按倒在河床上，像在被强暴，又像在磕等身长头。几只黄羊在河对岸一片金色的草地上吃草，一只鹰在天空无声地游弋。

黄毛金牙三十来岁，塔城人，塔城原来叫塔尔巴哈台，他一直说自己是塔尔巴哈台城的人，从不说"塔城"这个简称。他曾祖父是当年流亡到新疆的白俄，其实是被苏联红军追剿的"白匪"，没能再回故国家园，在新疆幸存下来，他的斯拉夫血统混到他这一代，虽然还叫"二毛子"，其实是"四毛子"了，如果不是他染的那头金发，身上已看不出还有多少白俄的样子；他的天堂酒吧原先开在塔什库尔干，赚了不少钱，最后被"扫黄"扫掉了，余下的钱为了保险，就镶了两颗金牙，然后来到天更高、皇帝更远的红柳滩东山再起。这里的确没人管他，生意比塔什库尔干还好。他活得跟山大王一般。

那天，他睡觉起来，洗漱好了，对着一面可能是喀喇昆仑山腹地最大的镶了廉价欧式花边的明镜，把自己的黄毛梳理好，看到染过的发根已经变黑，颇不满意地嘀咕了一句："看来要去趟喀什噶尔了。"——他的头发从不在叶尔羌的美发店去染，而是宁愿多跑两百多公里尘土飞扬的长路，去喀什噶尔一个名叫"魅发"的美发店去弄。

那三个女人来跟他交了账，她们把他当兄长一样尊敬，也像爱自己的情人一样爱他。一个女人伺候他喝了奶茶，就着熬了一夜的羊肉汤吃了一个馕，把他嘴巴周围的油渍充满母爱地用餐巾纸擦拭干净；另一个女人便把擦得锃亮的皮夹克和长筒皮靴拿来，给他穿上，然后把双管猎枪交到他手里；那个长得最漂亮的女人到马棚里去给他那匹叫吉普的枣红色伊犁马上好鞍，牵到大帐门口等着。

他收拾停当，出了帐篷，跨上马，来到了公路上，开始溜达。他看了看四周的风景，感觉自己的确像这喀喇昆仑之王。

他朝奇台达坂的方向走去。路上没有一个人，也没有一辆车。他来到一处台地上，上了外星建筑似的堆垒，勒住马，俯瞰着河谷。他能看见的叶尔羌河的河水都反射着或明或暗的亮光，看不见的似乎都已融入喀喇昆仑荒凉的山体。他看见即使是红柳滩兵站，也没有他的帐篷宫殿耀眼夺目。他不禁有些自豪，有些陶醉。但人类是肮脏的动物，因为他们无一例外地会制造垃圾，所到之处都会被污染、被破坏。这么想着，他又变得沮丧起来。

突然想起"人类"这个词来，他自己也吃了一惊。

就在这时，一股烟尘从北面的公路升起，越来越高，很快，随着烟尘的移动，一辆轿车出现在了他的视野里，他不禁惊讶得张大了嘴巴："我的个天呀！"

吉普是他两个月前向驻喀喇昆仑山某边防部队购买的退役军马，很是高大俊逸，他一骑上去，就觉得自己有了几分霸气。作为一匹退役军马，吉普已习惯高原气候，它在这里奔驰行走，颇为自如。它也似乎发现了那个拖着长长烟尘的新鲜玩意儿，激动得连打了几个响鼻。

"小轿车开上了昆仑山，这不稀奇得跟美国人上了月球一样吗？我的个老娘，他们是怎么把这玩意儿开上来的？不会是用火箭发射上来的吧！"

小轿车车背上顶着警灯，因为蒙了尘土，沾满了泥浆，已看不出是什么颜色。但它好像是外星来物，在这荒芜之地，仍闪耀着异样的光芒。

"是警车啊，那就不奇怪了，警察是能把它开到这里来的。"金牙黄毛对胯下的吉普说。虽然他有三个塑料花似的女员工，但在喀喇昆仑山里面待了不到20天，他就有了对自己、对帐篷、对石头、对天空说话的习惯。他意识到是警车后，一下担心起来："他妈的，不会是冲着老子的天堂酒吧来的吧？"这么说着，他勒住马缰赶紧往回走，但小轿车对红柳滩这个小地方似乎不屑一顾，它并没有停留，而是有些清高地、有些盛气凌人地只顾往前赶。

从叶城上来，要翻越阿卡子、库地、麻扎、黑卡四座达坂，经过三十里营房，到红柳滩，路虽难走，还是公路，但即使这样，也从来没人会想到要把小轿车这么个娇滴滴的东西开上喀喇昆仑山来。

红柳滩好像新藏公路上最后一个伊甸园，由此直到多玛，只有越野车和卡车可以通行，已无严格意义上的公路，很多路段要靠司机凭经验和胆识自己去闯。

金牙黄毛放心了，他有些好奇地伫立原处。虽然是警车，他还是想等着看它的笑话。他把猎枪挂在马鞍上，点燃了一支雪莲牌香烟，深吸了一大口，悠然地吐了好几个烟圈。

引擎声近了，他听出那车爬得很吃力，歇斯底里的。

是一辆 NISSAN，也就是日产尼桑，新疆人当年叫它"蓝鸟"，在上世纪九十年代的南疆，即使阿克苏、喀什、和田这样的城市，也很少见。据说仅有的几辆，还是从巴基斯坦走私来的。在这只跑解放牌卡车和北京吉普的蛮荒大野之中，那车即使安着警灯，也没有一点英武之气，只显出一种做作的娇媚样子。

他看到车上的人都穿着警服，驾驶座上的人瞪着眼睛在开车，副驾上的人同样盯着前方，这路显然快把他们折磨疯了。

当两人看到他的时候，蓝鸟停顿了一下，像受惊了似的。

四只眼睛透过蒙尘的挡风玻璃同时盯住了他，但又几乎同时迅速地收了回去。

"哎，这他妈的是国道吗？"副驾上的人摇下车窗，恼怒地质问金牙黄毛，好像这路是他修的。

"当然是啊，赫赫有名的219国道，地图上都标着呢，你们警察应该很清楚的。"他语气恭敬地回答道。

"那为什么是这个鬼样子！这个鬼样子还叫他妈的什么鸟国道！"那人气急败坏，显然要崩溃了。

"你问我，我问谁去？"金牙黄毛干笑了两声，耸耸肩，"不过，这里又不是北京、上海，有这样的路就不错了。"

"地图上标的是国道，看着跟其他国道一个样子，都是一条红线，可开上来后，却是这个鬼样子，这不明摆着害人吗？"

"你们是警察，该知道轿车是不能往这上面开的，从来没有人会开着轿车往喀喇昆仑山上跑。"

"我他妈的哪知道。"司机猛踩着油门，轿车嘶叫着往前冲。

"我还是第一次看到有轿车开上来，回来时欢迎到天堂酒吧来喝一杯！"他看着轿车屁股后面喷出的黑烟，捂住了鼻子，接着喊出了酒吧的广告语，"云端之上的享受，让你如在天堂！"

"谨防老子给你端掉！"副驾上的人从车窗探出身子，回过头来吼叫。

"如此美好的地方，你会舍不得的。"

轿车继续往前开去，一副马上就要散架的样子。

金牙黄毛对着轿车后轮胎铲起来的泥巴和砾石，说："傻蛋，还往前开，本大爷看你还能开多远！"

二

黄毛金牙骑马回到红柳滩时，有些车已经歇下来，不想再往前开了。他帐篷里的笑声和打情骂俏声已经响起，饭馆也开始忙碌，准备做饭，以满足那些人的胃口。

刘大财问："金牙，你看到那辆苕子轿车了吗？"

"我长着这样一双有神的眼睛，怎么会看不见呢。我不但看到了，还跟他们说话了。"他跳下马来，"那是一辆警车，不要说警车是苕子。"

艾孜拜撅着屁股从馕坑里把烤好的馕取出来，抬起胳膊抹了一把脸上的灰："小轿车往这山上跑，我就从来没有听说过，不是苕子轿车是什么？"

黄毛金牙说："人家可能是执行什么任务嘛。"

马德问："难道他们身为警察，不知道这条路轿车不能上来？"

黄毛金牙显然不想跟他们再闲扯，有些不耐烦地说："你们管那么多干啥？该炒菜的炒菜去，该拉面的拉面去，该烤肉的烤肉去！"

三人一听，一哈腰，把媚笑堆到粗糙的红黑脸膛上，各自忙碌去了。

红柳滩在太阳的影子往山上退去时，炊烟直直地升起，肉味弥漫开来，嘻哈吆喝声此起彼伏，越来越显出了一幅热气腾腾的人间景象。

黄毛金牙把爱马牵进马厩里，回到自己沙特王子般享用的、富丽堂皇的帐篷里。

三

红柳滩这个小人间再次活了过来，杂陈着人间五味，七情六欲。公路对面的兵站的哨兵关上了铁门，营区上面顿时笼罩上了一种寺庙一样的神秘和沉寂。

黄毛金牙这个时候，喜欢坐在自己的大帐前面，叉着腿，坐在一把自己特意从山下运来的藤椅上，泡一壶又浓又酽的砖茶，一边大口喝着，一边盯着对面的兵站看。

他有些自豪。

因为自从他来到这里，已经有好几个站长倒了霉。第一个站长在他的酒吧开张三个月后就受了处分，调到更为艰苦的甜水海兵站去了；第二个站长待了四个月，降了一级，调回叶城了；第三个站长撑了五个半月时间，直接要求转业了；第四个站长爱上了酒吧里的一个姑娘，去年年底转业时，那个姑娘跟着他，一起回到了孔子的故乡——遥远的山东曲阜。现在的站长叫叶福成，走马上任刚两个月。叶站长很谨慎，怕自己和战士们抵挡不住天堂酒吧的诱惑，只要没有军车来，就把兵站的大门紧锁，但还是有人半夜翻墙出来，往酒吧里钻；兵站后来又在墙上加了铁丝网，但第三天，军营的围墙就被人弄了个洞，铁丝网也总是被人剪开。

不断有军官和士兵受处分，但没有什么用。一个少尉军官在被处分后说，天堂酒吧就是天堂，天堂谁不向往？

新藏线曾被一个姓卢的背包客称为"天路"。走上新藏线的人，都是把命拴在裤腰带上的。无论谁，这里的气候、高山反应和道路的艰险，都有可能将其置于死地。每年大雪封山，都有人因突然而至的大雪被困在红土沟、界山达坂、死人沟、甜水海而丧命。在这里，命如薄冰。两个月前，有个姓杨的排长去天堂湾边防连报到，刚走到连队，因为内急，到厕所后下蹲过猛，猝死离世。黄毛金牙头天看到他精神气十足地坐在军车上，往边防连去，第二天下午就看到他的遗体从边防连拉了下来。

正是因为这里步步惊险，处处地狱，有天堂酒吧这个地方，自然会被视为人间天堂。

东面雪山的影子填满了暗淡下来的叶尔羌河河谷，红柳滩的人们又度过了多半天的时光，离自己生命的终点又近了那么一点点。在四川酒楼喝酒的人已有些迷糊，在艾孜拜那里吃烤肉的人也打起了饱嗝，有人钻进了天堂酒吧，过不多久，又心满意足地钻了出来。

黄昏即将来临，河谷里起了风，白天阳光留下的一点温暖被风扫得一干二净。就在这时，一个人徒步从奇台达坂上走了下来。他被高山反应折磨得已没了人形，既沮丧又疲惫。待他的身影慢慢变大，大家看清他是一个警察，他径直走进旁边的拉面馆，脸朝公路坐下，要了一碗砖茶，"咕咚咕咚"灌进去，又倒了一碗，然后咽着唾沫，着急地说："老板，赶紧给我来一份过油肉拌面，多放点肉。"

"同志，车坏了吧？"马德像玩魔术似的把面块扯成面条，随口问。

"你咋知道呢？"那人警惕地飞快瞅了一眼四周，口气很生硬地问道。

"我刚才看你走路来的。如果车没坏，谁会在这鬼地方走路啊。"

"那你知道谁会修车？"

"敢开车跑新藏线的，都会修。但你那是进口货，会修的人就少了。"

"那还麻达（麻烦）了。"那人有些绝望。

"兵站有几个当兵的肯定会，其中有个专门修车的伍老兵，听说没有他修不好的车。"

"没有别人了吗？"

"这红柳滩总共就这几个人，还会有谁？"马德把拉面放进锅里，"你的车坏在哪里了？"

"达坂上。"

"是奇台达坂吧？"

"反正就是离这里最近的那个山口下。"

"听说黄毛金牙也会修车。"

"黄毛金牙？就是有马骑的那个人？"

"就是。"马德把拌面端上来，"但他一般不会去做那个粗活儿，他不屑挣那个钱。"

那人像饿痨鬼似的把一大口拉面呼噜进了嘴里。

"这路上车一坏，就倒霉了，你得给钱才有人去帮你拖车。"马德说。

"多少？"

"一百，至少。"

"抢钱啊，一百块！"

"达坂上嘛，海拔高，有人愿意去就不错了。你是第一次走这条路吧？"

"以前从没来过，谁知道这路这么破，简直比机耕道还不如，达坂上的路简直走不成。"

那人说完，风卷残云般把一大盘拌面吸溜了一半，很惬意地舒展了一下身子。

"给我来一碗面汤。"

"好嘞。"马德把一大碗面汤端到他面前，没话找话，"你应该是今天上来的那辆警车里的警察吧？"

那人只顾往肚子里呼噜拌面。

"看来你们对这条路一点也不了解。小轿车怎么能往这上面开呢！你们能开到达坂上去，已经很不错了。你们的车修好了，就开回去吧，前面是甜水海、死人沟、界山达坂，就是这些大车好多时候都开不过去，何况小轿车？"

"妈的，真没想到这路这么破。"那人恶狠狠地说。

"你们警察难道不知道这路难走？你们不是新疆的警察吗？"

"我们是甘肃的。"

"难怪！"马德格外亲热了一些，"那我们是老乡，你甘肃哪搭的？"

那人想了想："酒泉。"

"我玉门的，那我们是一个地方的。"马德他乡遇老乡，格外激动，赶紧给那人出主意，"你们如果想省钱，可以去找兵站当兵的求助，子弟兵嘛，他们会帮忙的。最主要的是，他们会修车。你们是警察，当兵的肯定会帮忙。"

那人吃完了面，装作无意地冒出一句话来："那些当兵的肯定有枪吧？"

"当兵的当然有枪了，他们晚上站岗还要带枪呢。"

"我也有枪，我们都带着家伙！"他拍了拍自己右边的腰部。

"你们警察嘛，肯定有枪！这就像农民有锄头一样。黄毛金牙也有一杆双筒猎枪，不过，这上面除了打狼，没啥用。"

"这个老板竟然有枪？"

"他就是装装样子，有事没事都拿着，唬人。去年冬天，快封山的时候，河谷里来了一群狼，他骑着马去追，差点儿把马跑死了，一坨狼屎也没捞着。"

"哦，对了，你们咋开着那么娇贵的车上山来了？"

"我们上来执行任务，没想到这鬼路这么难走，把老子害惨了！"

"本来就是牲口走的路嘛，千金小姐的三寸金莲怎么走得了呢。"

"有个杀人犯从甘肃跑到新疆叶城，听说又从这条鬼路往西藏跑了，任务急，也不了解路况，开着这破车就上来了。"

"逃犯？他不会到红柳滩吧？"马德一下紧张起来。

那个人很响亮地喝了一大口面汤，压低声音说："那家伙杀了好几个人，逃到叶城后，又在那里抢了一个卡车司机，把人杀了，抢了钱，抢了车，然后把车开到西藏去销赃，现在应该快到阿里了。"

"那家伙说不定还在我这里吃过拉面呢。"

"那也可能，买单。"

马德想讨好他："你们警察辛苦，为民除害，我们又是老乡，算我请客。"

"那不行，我们有纪律。"他说着，掏出一沓十元的人民币，抽出一张，拍在了桌子上。

这时，帐篷里传来了喊叫声。

"那个酒吧热闹得很啊。"

"你是警察，你懂的。"他找了五块钱给那个人，"哎呀，受不了，搞得这里的石头都他妈的成天发情。"

那人嬉皮笑脸地说："所以你每个月都会去一两回。"

"就是啊，受不了嘛。不过，有他们好，有了他们，这里就有人气了。"

"那个什么黄毛金牙不知道这是犯法的买卖吗？"

"这鬼地方有什么法哟，黄毛金牙就是法！"

"他是法？今天我就要让他知道，老子才是法！"他虚张声势把袖子撸起来，大声武气地喊叫道。

"你们都是法。"马德见他那个样子，声音低了下去。

"老子才是法！"他把自己的腰拍得嘭嘭响，拍得腰上的肥肉像触电一样乱颤。

马德不敢吭气了。

"老子这就过去拜会拜会他！"他把马德给他找的五块钱在桌子上猛地一拍，随手装进了裤兜里。

四

黄毛金牙的帐篷是哈萨克风格的，哈萨克人对帐篷有两种称谓：一种是"白色宫殿"，一种是"马背上的房子"。帐篷的材料用的是毛毡，能遮风挡雨。他自己的大帐可谓豪华，能容纳二十多人在里面吃喝聚会。穹顶由六十根坚固又富有韧性的红柳木撑杆搭成，圆形墙围高约两米，外围加设有一道彩色墙篱，墙篱是用芨芨草编织而成的有花纹的草帘。内围则用和田地毯装饰，朝向公路的门正对一个吧台，上面摆放着泸州老窖、尖庄、伊力特、古城老窖、奎屯特曲、昆仑大曲，西藏、青海产的青稞酒，俄罗斯的伏特加，以及吐鲁番、阿克苏产的葡萄酒，还有一些啤酒、饮料、香烟和十多种小吃。那把双管猎枪摆放在吧台上方最显眼的位置，像是镇店之宝，有一种很明显的威慑力。台面上摆着一台红灯牌双卡收录机。吧台两侧呈半圆状的地台上铺着毡子、地毯，上面各摆放了十张铺着艾德莱丝绸的桌几，每个桌几后面整齐地叠放着用花布盖着的被褥，供客人躺卧。中间的铁皮炉子里煤炭燃烧得"呼呼"的，炉子和挨近炉子的一截排烟管被烧得通红，把帐篷烘烤得暖烘烘的，炉子上的大茶壶熬着砖茶，不停地冒着热气。

那个人推开雕花木门，再撩开厚厚的棉毡门帘，走进了黄毛金牙的帐篷宫殿。他故意把头抬得很高，不去看里面的人，只看帐篷顶上天窗外的一小片黄昏的暧昧天空——他从那里看到了一座雪山峰顶的一抹残阳。

没有一个人尿他。当他意识到这一点，不得不把抬起的头低下来时，他的眼睛一时没能适应里面的环境，有十来秒的时间，他只看到了模糊的、粉红色的一片，只听到了邓丽君的《往事只能回味》。他揉了揉眼睛，看清了金毛黄牙，然后看清了十多个喝酒、喝茶的人，他们或盘腿坐着，或随意躺着，或靠在被褥上，面前的桌几上放着酒、花生米、怪味胡豆、牛肉干、葡萄干，也有从艾孜拜那里点来的烤肉和在四川酒楼点的炒菜。

那人径直走到黄毛金牙面前，语带恼怒地问道："你这里有什么？"

黄毛金牙没有抬头，数着手里的钱："你想要什么？"

"想要你把这个地方关了。"

黄毛金牙还是没有抬头："你是今天开轿车上山的警察同志吧。"

"你原来是长了眼睛的啊？"

"在这个地方，眼睛只有两个用处，一个是用来看清楚钱的面值；二个是把自己的小命看好，这才上得了这山，也下得去叶城。"

那人的脸有些变形："有人举报你这个地方胡整。"

"在这鬼地方，不胡整还怎么整？"

"你没有看清老子是警察嘛？你整的这些东西都是非法的。"那人的语气变得义正词严起来。

"警察？"金毛黄牙抬起了头，很潦草地瞅了他一眼，"我这里什么人都来。何况，这灯光把你身上染得红红绿绿的，哪能看清楚？"

"现在看清楚了吧？"

"可能是灯光的原因，还是不太清楚。"黄毛金牙把头像秃鹫似的往前伸了伸，盯着他的警服看了看，又把他的脸瞅了瞅，语带讥讽："这下看清楚了，的确是把轿车开上喀喇昆仑山的英雄。"

"看清了就好。"

"看来警察同志出门很久了，头发太长了，胡子该剃了，这警服也至少一个月没有洗了。"

"是有些久了，我在外执行任务已一个多月。"

黄毛金牙给他递了一支雪莲烟："先喝一杯吧，要找乐子，得排队。"

"我还有任务，没时间排队。"那人望了一眼双管猎枪，"你有枪油吗？"他拍了拍肥胖的腰部，"我的五四式手枪好久没有擦过了。"

黄毛金牙听说他有枪，语气软了："同志，五四式手枪的枪油我这里没有，但你那个枪的枪油我免费提供，正宗的印度神油。"他终止了邓丽君正在唱的《何日君再来》，压低了声音，"但你还是得稍等，人家正搞着呢，得等人家完事儿。"

"我要最好的。"那人抬头看了一眼简易货架，"来两瓶乌苏。"

"最好的当然要给你。"黄毛金牙把收录机重新打开，邓丽君甜美的声音再次在这洪荒之地响起。他把啤酒打开，交到那人手上，又给了他一包雪莲烟、一袋花生米、一袋牛肉干："警察同志辛苦，这个，我请客。"

"这就对了。"那人接过东西，缓和了语气。

"听说你会修车？"

"以前我在塔尔巴哈台就是干这个活儿的。我以前喜欢车，现在喜欢马。"

"我们的车在达坂上抛锚了。"

"我就在想，你怎么没有驾驶着那个蓝鸟往前飞，而是返回这里了，还有个同志呢？"

"他在达坂上守着，我下来找人帮忙。"

"你那个是日本进口的车，不好弄，得找兵站的解放军同志帮忙。"

"这个时候去找当兵的，那多不好。"

"我看还真的只有去找他们，达坂上晚上会冻死人的，你得赶紧把车和人都弄下来。"

他又喝了一大口啤酒："我们是警察，能坚持住。"他说完，很舒服地卧下了，拿起一瓶啤酒，痛快地往肚子里灌了半瓶。

五

那一声狼嗥是在夜幕降临时传来的，天堂酒吧里的那人停止了在女人肚皮上的动作。但他只是稍作了停顿，就又折腾开了。一个多小时后，那人带着几分醉意从一号帐篷重新回到了大帐里。他对黄毛金牙说："我操，真他妈不错！我刚好今晚没地儿住，现在跟你先说好，等会儿包夜。"

"在这里包夜可不便宜。"

"不就是钱嘛！"那人不屑地撇了撇嘴。"刚才是狼在叫？"

"是，是狼嗥。"

"还是第一次听见，挺瘆人的，你们不害怕？"

"我们听到狼嗥，就跟听见狗叫一样。"

"给我再开两瓶啤酒！"

"同志，你得先把刚才的钱付了。"

"多少？"

"一百，到处都是这个价。超时半个小时是要另外收费的，你就算了，连同那些吃喝，都算我请客。"

"明早和包夜费一起算。"

黄毛金牙把啤酒开了。"不行，本来是消费前买单的，这也是我们这一行的规矩，你走南闯北，见多识广，肯定知道。"

那人仰起脖子，灌了一大口啤酒，打了个酒嗝，有些生气地说："我是走南闯北，也的确见多识广，你知道不？这种地方，我还从来没有花过钱，都是别人求着老子，还倒给我钱的。你干这行，连这个规则都不懂吗？我刚才说明早给你，是不想坏了我今晚的兴致，已经是给你脸面了。"

"我还真不懂这个规矩。"黄毛金牙一听，口气也变硬了。

"那我就告诉你，你这个什么鸟天堂酒吧能不能开，也就是老子一句话的事。"

"那我也告诉你，我也是第一次听说甘肃的警察还能管新疆的事。"

那人愣了一下："老子多久说我是甘肃的警察了？谁说老子不能管了？"

"你一张嘴我就听出来了。不要老子老子的，你是警察，那样不文明。"

那人又灌下一大口啤酒，嚣张之气减弱了些："我不想破坏今晚的兴致，这个钱我先给你！我们明天再走着瞧！"他说着，从左边衣兜里摸出一个皮夹子，抽出十张十元钞票，"啪"地拍在了桌子上。

黄毛金牙撇了撇嘴，把钱收下，没再理他。

那人回到了自己先前躺卧的地方，气哼哼地卧下了。他一边嚼着牛肉干，补充刚刚耗去的精力；一边喝着啤酒，解着口渴，满怀激情地期待着夜晚的降临，好重温鸳梦，早把那个困在达坂上的同伴忘到九霄云外去了。

六

那个人蜷缩在车里，他体型瘦小如猴，与那人壮硕如熊的身板反差巨大。那声狼嗥让他的身体缩得更紧了些，成为瑟瑟发抖的一小团。随着夜晚的降临，高原上的气温直线下降，天地好像开启了速冻模式。他向红柳滩方向的来路望了无数次，想看到同伴带着人、至少是带着食物返回的身影，但他越来越失望，最后终于绝望了。他不停地咒骂那人挨枪子、遭天杀，最后也不想骂了，因为寒冷使他像打摆子似的不停颤抖，上牙床击打得下牙床"嗒嗒嗒"地直响。

他们对山上的情况一无所知，上山时身上只穿着夏天的衣服。他把车上能御寒的东西——坐垫、靠垫甚至擦车布都裹到了身上，但一点用处也没有。水喝光了，能吃的东西也没有了。四周山脊上的"U"形山口，像一柄刃口朝上的镰刀，它锋利的刀刃闪着薄薄的寒光，准备随时收割掉贸然闯入的任何活物；车屁股对着的，是一列铁锈色的高山，前面的群山则是黑铁色的，山顶是似乎凝固住了的白云和终年不化的积雪；轿车左侧，是坦阔的阿克赛钦荒原，分布着没有任何生命的戈壁和起伏的群山，一条灰白的路绕下奇台达坂后，直插天际。

车窗外只有又冷又硬的风在呜咽、尖啸、吼叫，粗暴地摇晃着轿车，击打得车身不断发出"嘭嘭"的声响，像有无形的鬼魂在愤怒地拍打它。他感觉这个世界只剩下了他一个人，如此空旷、荒凉，像置身月球背面。他又渴又饿，高山反应折磨得他头疼欲裂，恐惧、饥寒、孤独一齐向他袭来。

他想搭一辆过路车离开这里，但连车的影子也没有。

"看来那个杂种已经把我忘掉了，无论如何，我也要下到红柳滩去，要到有人的地方去。"他把一把五四式手枪抓在手里，绝望地推开了车门。在他准备关上车门的时候，风猛地把他掀翻在地。寒风如刀，他感觉更冷了，又逃回到了车上。车厢里也像冰窖，但至少能挡一挡那要命的风。"但我如果待在这里，明天早上肯定会成为一具僵尸。"他决心还是要往红柳滩走。

从车抛锚的地方爬上奇台达坂至少有五公里路，从奇台达坂到红柳滩还有四五十公里。他心里估算过这个距离，知道自己不可能走到红柳滩，但往那里走，是他可能活命的唯一希望。

夜幕已降下好久了，高原被笼罩其间，一切都变得缥缈、虚幻起来。直到一轮硕大的即将圆满的月亮猛地从山顶的白云后蹦跳出来，高原才又重新变得清晰、真实了一些。

月亮出来之后，风在月光的照耀下，似乎不敢那么放肆了。风势小了些。他把轿车的座位套都扯下来，裹在自己身上，锁了车门，开始往达坂上爬。

身体只能感知三样东西：凌迟一样的寒意、斧劈一样的头痛和辘辘饥肠的撕扯。其他的都已失去感觉。这使得他每迈动一步都感觉异常吃力。

他看着自己被月光扯得变形的身影，"这不是鬼吗？"他对自己恐惧起来。"这两年，我过的就是鬼一样的日子啊！"他感到悲哀，想哭，却哭不出声。

月光如雪。他踉踉跄跄地走着，不断跌倒，把路上的尘土砸得腾起老高。

狼嗥声再次传来，似乎比刚才近了些。他吓得一下停住了脚步。

他想返回车上，却迈不动步子；他想往前走，双脚却像定住了一样；他去摸枪，手却是僵硬的；他想喊叫，声音却像哑了，喊不出来。他沉重的脑袋里冒出了一个血腥的场面——头狼扑上来，咬住了他的脖子，其他狼围上来，撕咬他，他还没有断气，肉体却已被撕扯光了。"不要这样！等我冻死了你们再来吃吧。"他在心里乞求道。"反正都是死，冻死也不一定比被狼撕咬好过啊。"他琢磨着，做人生最后的算计，"狼吞得快，应该是速死了，而被冻死的过程肯定缓慢得多。如果我浑身冰冻、僵硬，脑袋却是清醒的，知道自己的命被狼一口一口地撕扯掉，那不更痛苦吗？"他这样想着，对狼嗥声也就不害怕了，他又吃力地迈动了脚步。

狼嗥声是奔跑的，不时变换着位置。一会儿在东边的山脊上，一会儿在阿克赛钦的旷野里，一会儿似乎就在离他不远的斜坡上，甚至就在公路的上一个拐弯处。但他只是往前走，什么都不管了，即使它们就在前面，他也会迎着它们走过去，直到走进一张张狼嘴里。无惧死亡之后，他的脚步走得顺溜了一些，力气增加了，身上也没有之前那么僵冷了。

当狼嗥声再次响起，他拔出了枪，朝狼嗥声所在的方向开了一枪。枪声那么清脆，把他自己吓了一跳。

好像是他那一枪打出来的，一束雪亮的光柱猛地在天上晃了一下，晃到了前面的一座雪山上，然后又不断地晃动着。"来车了！"他这次喊出了声，"老子不会喂狼了，老子不会冻死在这个鬼地方了！"泪水像决了堤，"哗"地淌了一脸。

他站在路中间，就是被这辆车撞死，他也要把它拦住。

车灯凌厉、雪亮的光柱在月夜里乱撞，把完好无损的月夜不时撞出一个大洞。他似乎可以听到古代攻城略地时，武士们扛着一头包了铁皮的木头，撞击城门的那种声音。他知道黑夜要在它该结束时才会结束，所以他知道那些光柱无论多么有力，夜晚还会在那里。但对他来说，他有活下去的希望了。

汽车颠簸着行驶在达坂的盘山公路上，小心地、不停地向他靠近，他已听到了引擎声——不是幻听，的确是汽车发动机发出来的声音；当汽车拐过弯道，车灯光柱先射向空洞的天空，然后一转，猛地打在对面的山体上，他看到了那辆真实的车。他看清了车灯照耀着的岩石，清晰得像白天看到的一样。

车灯的光圈越来越小。然后，它拐了过来，猛地照亮路面，"唰"地刺向他，他感觉那是世界上最神圣的光芒，他的眼睛一时没能适应。他本能地举起了双手，开始挥舞。因为双臂冻得僵硬，他更像是投降——现在，只要能获救，他愿意向任何东西屈服。

七

卡车上的司机是个老司机了，这条路他已跑过很多次。但一个人夜行高原，他还是得靠汽车的轰鸣声来给自己壮胆。他拉的是冻肉和蔬菜。冻肉没事，蔬菜不抓紧运到，损耗会很大，所以他要连夜赶路。他的车保养得很好，车况不错，顺利地跑到狮泉河他心里是有底的。但他有些困了，下了达坂，到甜水海后，他想眯上个把钟头再往前走。

高原上主要的危险是狼。每年都有骑行客在露营时被狼吃掉。之前在死人沟，有个司机车坏后，被狼群围住。他没有吃的，没有水喝，也没法下车，最后被狼群活活困死在了驾驶室里。想到这里，他不禁有些害怕，想起他上达坂时听到的狼嗥，浑身不禁哆嗦了一下。但只要车不坏掉，他就是安全的。他正准备舒一口气，突然看到了那个鬼一样的人。

老司机刚看到那个人的时候，由于车灯的照射，他显得像影子一样薄，真像一个在那里飘忽的鬼影。他惊吓得脑子里一片空白。汽车猛地刹住，差点翻车，同时汽车喇叭也摁响了，在世界屋脊的无边寂寥中，像惊雷一样炸响。但那人一动未动，像一根铁桩，仿佛在大地还是一片洪荒之时，就已在那里生根。

"妈的，今晚真撞到鬼了！"他惊魂未定，先骂了一句为自己壮胆。

但当他意识到自己嘴里说出了"鬼"这个字的时候，还真被吓住了。嘴里不由自主地念起了"南无大慈大悲观世音菩萨"，他听更老的师傅说过，晚上碰到这些东西，念这个比任何咒语都管用。

那个东西还在那里，只不过比先前看到的要厚实些了，有了轮廓，还机械地挥动着手臂。"活鬼啊……"他大叫了一声，让车灯依然照射着他，随手把车窗关紧，似乎这样鬼魂就奈何不了他。"念南无大慈大悲观世音菩萨都不管用，看来今天晚上遇到厉害的了，这一定是那个在这架达坂上被狼吃了的家伙的鬼魂吧……"他不敢再去看他，只感到后背发冷，浑身不由得哆嗦起来，不停地默念："啊……佛祖保佑，啊……菩萨保佑……"

他裹在皮大衣里的身体已变得冰冷僵硬，正当他恐惧不已的时候，传来了敲击车窗的声音，他往前一看，那个影子没有了。冷汗一下把他贴身的衣服浸湿了。就在这时，他听到了同样是哆嗦着的声音："救……救……我，救……救……我……"

"他娘的，是人是鬼？"

"救我……救救我……"

"是人！他娘的，是人在说话！"他抬起了头，嘴里先骂了一句，"他娘的，吓死老子了！"虽然吼叫着，但他还是不敢侧脸去看那个人。

"我……我是警察，人民……人民……警察，我的车……车坏了……救我……"那个人继续拍打车窗，把脸贴在车窗上，尽了力气大声乞求。

他听清楚了，侧过脸去。他看到了那个人那张变形的脸，看到了一张因极度绝望后又重新找到了一丝希望的扭曲的面孔，也看到了他脖颈处衣领上武警的领花，然后长舒了一口气。"吓死老子了。"一边说，一边摇下车窗，用仍带惊恐但一下变得恭敬的口气说，"我的个老娘啊，你这个同志难道不知道'人吓人，吓死人'吗？我十魂被你吓得一魂都没了，我可是知道什么叫魂飞魄散了。"

那个人似乎没有听见他说的话，只望着他，乞求道："老哥，救我！"

"咋搞的，同志？"他一边说着，一边打开了车门，"快到驾驶室里来。"

那个人一听，一边忙不迭地道谢，一边吃力地往车上爬。他送出半个身子，拉了他一把。

"太……太感谢你了。"

司机看着他身上裹的东西，笑了。"你就差没有把小车壳子扒下来裹在身上了，你要不这么穿，还不会这么吓人。"

"驾驶室暖和多了。车坏了，差点把人搞死了。"他身体像筛糠，上牙猛烈地磕击着下牙。

"这上面，车坏了是最要命的，好多人就是因为车坏了，把命丢这里了。"司机又盯了他一眼，"你上高原，难道皮大衣都没带？"

"第一次走这条路，来之前看了地图，看是 219 国道，以为好走。加之又是大热天，多的衣服都没有带。"

"你这不是找死吗？可你们警察应该知道这里的路况啊？"

那个人不停地搓着手、拍打着手臂和双腿。"跟一个朋友趁休假，想开单位的车上西藏逛一圈，没想走到这里就趴窝了。"

司机想把刚才受到惊吓的魂魄安顿妥当后再上路，他连着呼出了好几口长气："你那个朋友呢？"

"到红柳滩找人修车去了。"

"应该是也穿着警服的那个吧，我刚才在马德店里吃拉面的时候，刚好他也在那里吃饭。蛮壮实，大个子，看起来凶巴巴的。我当时还想，这家伙在公安里肯定是专门负责枪毙犯人的吧。"

"应该就是他。你说对了，他就是负责毙人的。"

"难怪，看来我看人还是很准啊！"他有些得意，"我听他倒是问了一下修车的事，但他吃完饭就钻进天堂酒吧乐呵去了。"

"就跟喜欢夺人性命一样，他喜好那一口。"

"想想也是，他那个职业比跑这新藏线压力还大，总得有个化解的门路。他说你们是去执行任务。"

"哦，其实是……执行任务，我刚才还想保密呢。"

"什么车？"

"蓝鸟。"

"日本车吧？进口货，那玩意儿我可修不了；也金贵，不敢乱整。"

"那怎么办？"

司机没有再接那人的话，摇下他那边的车窗，往外看了看："你刚才吓得我差点把车开到路下边去了。"

"真是对不住啊！"

司机把车往后倒了倒，把悬在公路外的车头倒回公路上，才想起问那个人要到哪里去。"我是到狮泉河，看你是警察同志，你如果去那里，我可以带上你。"

"我……你有吃的吗，还有水？我又渴又饿……"

"哎呀，你看，我忘了这茬子事了！"司机有些抱歉，从座位后面提出一个5升的白色塑料胶壶，递给那个人。那个人有些小心地喝了几口。司机又从座椅后面扯出一个布袋子，拿了一个馕给他。

那个人眼睛潮湿，接过馕就咬了一大口。他这才似乎有了力气继续说话："我要回到那个鬼红柳滩去。"

"那我可帮不了你的忙，我说了，我去狮泉河，车上拉的是肉和菜，耽误不得。"司机感到很抱歉，"我车上还有一套棉衣，你如果要的话，可以便宜处理给你。"

"大哥，你留下我，我可能就活不成了。为了让那个'刽子手'找到修车的人，钱和车上的水、干粮都让他带走了。他说肯定能找到修车的人，天黑前肯定能赶回来。"

司机很是为难，他沉默了一会儿："你们不是也到阿里吗？"

"车坏了，就不一定了。"

"也没关系，我看你也是个实诚人，又是警察同志，我可以给你一点吃的喝的，那套棉衣你就穿着吧。二十块钱，我给你留个地址，你到时寄给我。"他说完，把自己的名片递给了他，"也不是啥名片，就是个联系卡片，上面写有寄信的地址。"

那个人接过名片，上面满是污渍：

信誉至上安全送达

只要有路，没有我到不了的地方

陈国富

常年承接

库尔勒→和田、塔什库尔干、叶城、阿里各县、拉萨

和田、塔什库尔干、叶城、阿里各县、拉萨→库尔勒

货物运输

地址：新疆维吾尔自治区巴音郭楞蒙古自治州库尔勒市额勒再特乌鲁

大道 164 号附 2 号

艾提尕尔 999 乌提库尔. 巴哈尔古丽巴音布鲁克清真放养烤全羊饭馆

转陈国富收

邮政编码：841000，电话：0996－234678，传呼：1928523418

"你去的都是险地方啊！"

"跑这些地方不缺货源，运价高，跑一趟顶下面好几趟呢。"

那个人把后面的地址看完，笑了："我第一次见到这么长的地址。"

"新疆地大，所以名字也长。"司机半开玩笑地说，"这个地址好，很多人就因为这个把我记住了，有些人正愁得不行，看到这个地址，也会咧开嘴巴呵呵笑。"

"大哥，我还是笑不出来。求你把我送回红柳滩，到时给你钱，五十块，怎么样？"

"我得讲信誉，我车上拉的有蔬菜，我跟人家说了，明天晚

饭前送到。"

"给你八十块!"

"我很想挣你的钱,但信誉至上,我不能违背。"

"国富大哥,来回也就两三个小时……"那个人咬了咬牙,"那就一百块!"他说完,一只手摸到了别在裤腰带上的枪,心想,要是这个老家伙再不答应,我就要来硬的了。

"唉——"陈国富很是为难地叹息了一声,"我这是跑来回,又是世上最烂的路,最主要的是影响我的信誉,但看在你是警察同志的面子上,就送你一趟吧。"

那个人把手从腰间拿开了,眼里泪花闪烁:"感谢大哥救命之恩!"

八

陈国富在一个稍微宽点的地方把车掉了头,开始往回开。

那个人放心了,紧张的身体放松了些。但没过五分钟,他又变得愤怒起来。"看老子不杀了你!"他突然恶狠狠地说。

"你说什么?"汽车正往达坂上爬,用足了马力,陈国富更是两眼死盯前路,不敢有丝毫马虎,所以没有听清。

刚才的话一出口,那个人自己也吓了一跳。"没什么,我是说这路太他妈难走了。"

"我一年至少得跑二三十个来回,已经走惯了。"

那个人还是气哼哼的,表情不时会变得狰狞。那人让他差点死在奇台达坂,自己却在红柳滩吃饱喝足后寻欢作乐,早把他忘得一干二净。他咬牙切齿地在心里怒吼:"看我不杀了你个狗杂种!"

汽车越接近红柳滩，那个人心里的气就越大。

红柳滩很安静，月光遍洒，给这个破烂的地方镀上了一层圣洁的光芒。天堂酒吧的霓虹灯还妩媚地闪烁着——黄毛金牙把发电机安放在一个湾拐里，可以听到声音，但并不怎么影响大家休息，它"突突突"的响声像人在吟唱情歌；兵站里的军犬瓮声瓮气地吠叫了几声，发表了象征意味很浓的履职尽责宣言，就不吭声了；对面雪山上传来几声狼嗥，不过大家早已习惯，只当它跟狗叫差不多。

汽车在天堂酒吧门口停下，陈国富把车倒过来，准备收了钱继续赶路。汽车没有熄火。他和那个人下了车，径直钻进了黄毛金牙的大帐里。

里面的灯光比先前要昏暗许多，由烟臭味、酒臭味、脚臭味、口臭味、羊膻味、卤牛肉味、机油味以及另一种难以说清道明的情欲的气味混合成的复杂味道，形成了一种令人窒息、难以忍受的污浊不堪的有力气团，把他们差点儿推出了帐篷。他们的眼睛很快适应了里面昏暗暧昧的环境。过了夜里两点还要在大帐里睡觉的，给十块钱就行，睡这里肯定比睡车上舒服，所以帐篷里横七竖八地躺满了人，各种声调、风格的鼾声如雷霆般不断滚过，其间夹杂着粗野的梦呓声、放屁声以及咂巴嘴巴的声音，好像在进行一场重金属乐演奏。

"在哪里能找到那个杂种？"那个人恨恨地低声问陈国富。

"跟我到吧台看看这里的老板在不在。"

他们跨过一个个躺卧的人体，来到吧台前。黄毛金牙没在那里。

"你的同事可能在这些睡觉的人里头。"

那个人便凑近躺卧着的每张脸，一个个地看了，一摊手：

"没有。"

"那就肯定在小帐篷里睡，就三顶小帐篷，很好找。他是警察，黄毛金牙肯定会把他安排在一号帐篷，我带你去。"

"看来你对这里也很熟啊。"

陈国富呵呵笑了两声："跑新藏线的，这人间天堂，哪个不熟！"

两人钻出了帐篷，从鹅卵石铺成的通道，来到了大帐后面，三顶小帐篷沐浴在月光里，远处雪山如梦，冰峰显得更为高拔，一侧的叶尔羌河的流水哗哗流淌着，寒冷的河水闪烁着银光。黄毛金牙的马打了个响鼻，在如此静谧的夜晚里，连陈国富的汽车发动机发出的声音都充满了诗意。"天堂1号"里传出了笑声和哼哼唧唧的声音。

那个人已听出笑声是那人的，嘴里骂了声"杂种"，不由无名火起，故意把步子踏得很重，低着头，气冲冲地就往帐篷里钻。

帐篷里只有暗红的灯光，两个肉体在里面翻滚。

陈国富不便进去，只好站在帐篷门口，说："同志，麻烦你稍微快点，我的车没有熄火。"

没有人回答他。帐篷里的灯猛地亮起，接着，便听见帐篷里传出那个人气愤至极的吼叫："你个杂种！"随之便听到了女人的尖叫。

"嘿，朋友，咋了？"

"你说咋了？你差点儿让老子死在达坂上！"

"我不是还没找到修车的人嘛。"

"你他妈的找了吗？你可把老子害惨了！"

"你他妈的，谁害谁呀？以前老子做那么多回事，都是顺顺当当，你这一入伙，就他妈成这样了。"

"你他妈的不拉我我能成今天这个样子？"

"你他妈的不要用那个东西指着我。"

"枪！"那个女人大喊了一声。

"什么枪，他用小孩的玩具吓唬我呢。"那人对那个女人说。

"你他妈的不要命了？"那人显然被迫缓和了声调，"拿着那玩意儿干什么？你不知道这里有兵站？解放军的真枪拿出来，一枪就崩了你。"

"先给老子一百块。"

"你要钱干什么？"

"我拦了个师傅，让他把我拉下来的，我答应了给他一百块。"

"一百块！这么点路就一百块！"

"他不拉我下来，我今晚就死在达坂上了。"

"没有钱。"

"你不是还有一百多块钱吗？"

"花了。你把那个师傅叫进来。"

陈国富心里着急，一听那人的话，知道可以进去了，便说了声："我进来了。"

那人还半裸着卧躺在床上，旁边有个娇小的女人像被惊吓的羔羊，蜷缩在被子里不敢动。那个人用枪指着那人，但看上去，那人一点也不害怕，这使陈国富以为那真的是把假枪。那人眯着眼睛看了一眼陈国富，用轻蔑的口气问："你就是那个这么一点路，就敢收一百块的杂种？"

"同志，你怎么能这么说话呢？这个价钱是讲好了的。"

"你这是乘人之危，是敲诈！"

"你不能这样说，你是警察。"

"正因为我是警察，我才这样说。"

陈国富显然有些害怕，他对那个人说："同志，我们可是说好了的，是你求我的，我也是担心你在上面出事才送你到这里来的，我可是一片好心。"

"你放心，我说出的话，一定会算数。"那个人本已把枪收起，现在又掏了出来，指着那人，"我不是蹲着拉尿的人，那一百块是我答应了要给的。"

"你！"那人一生气，站了起来，也摸出了一把枪，指着那个人，"来，你他妈的有种就朝我来一枪！"

见两人真要干起来，那个女人裹着床单，想要溜走。那人一见，"老子是包夜，你今天晚上就是老子的女人，你现在敢走？"

女人一听，赶紧老实地蹲下了。

陈国富赶紧劝解："你们都是警察，有话好好说，好好说！我看你们那是真家伙，赶紧收起来，不然，出了事可不好。"他说完，把脸转向那人，用商量的口气说，"同志，你嫌一百块钱贵了，那你给个价。"

"我给价？那好，一分钱也没有！"

"你是警察，哪有这么说话的呢？"

"我说了，一分钱都没有！"

"你总得讲点法理吧？"

"这个鬼地方，老子就是法理。"

陈国富又把脸转向了那个人："同志，你说说……"

"他肯定把钱花掉了，拿不出来了。"

"那这样吧，这个钱我不要了，就当我做好事吧。"陈国富一见那个阵仗，只能自认倒霉，一边说着，一边往帐篷外面退。

那个人说："对不住了，感谢你救了我的命，我有你的地址。"他说着，把陈国富的名片掏出来，"这个我会好好收着，那个钱我一定会寄给你。"

九

陈国富没想到帮警察的忙会是这样的结果，很沮丧地从帐篷里钻出来。月光把他的影子拉长了，他抬头看月已偏西，不敢耽误，骂骂咧咧地开着车，颠簸着，重新独自上路了。

爬上达坂顶，他的气还没有平息下来，高山反应使他更加难受。"在这里，老子是在拿命救人呢，一百块钱还嫌贵！"他讨厌那个胖硕的家伙，"哪像个警察，简直跟地痞无赖差不多！"

他把车停在达坂顶上，摇下车窗，呼吸了一口寒冷的空气，然后把它呼出来，感觉心里的气也随之吐出来了，不那么堵塞了。他看了看远处被月光镀了银边的雪山和雪山上的云，又抬起目光望了一眼无限深邃的夜空，合掌念了一句"四面八方的菩萨，天上地上的神仙，你们保佑我平安顺利！"这是他每到一架达坂上都要做的功课。做了这件事，他心里有底了，心情也舒畅起来，开始往达坂下走。

到了昨晚那个人拦车的地方，他也没有怎么生气，但拐过那道弯，看到那辆停在路边的警车，他心里又堵上了。他想起了那个长了一身油腻肥肉的家伙，停了车。把皮大衣一裹，下了车，围着那辆车转了一圈："开着这么好的车到这鬼地方来，可以去泡酒吧，却死活不给我那一百块，最后连一句好话都没有！"他越想越生气，拉了拉司机座位一边的车门，没有拉开。他捡起路边的石头，"哐"的一声，把副驾一侧的玻璃砸碎，打开了车门，"你不仁，就不要怪老子不义了！老子至少得拿上一百块的东西才划算。"他打开手电，翻找起来。

前排没有找到什么值钱的东西，后排也没有什么有用的物件。"啥东西也没有。"他失望地叹了一口气，觉得右手有点黏，用手电一照，是血！他以为是自己的手被划伤了，仔细看后，一双手好好的。"哪儿来的血呢？"他用手电又把后排座位照了照，手电晃到了脚垫旁一块拳头大小的血迹。"这是个什么鸟车？"他把脚垫拿开，脚垫黏在车底板上，扯开一看，是还没干透的血。他的身上立马起了一层鸡皮疙瘩，触电似的把手上的地垫扔掉了。

陈国富钻出轿车，看到了车顶的警灯，又看了看车牌，看上去的确是警车。"人家是警察，这些血可能是抓犯人受伤时留下的吧，也可能是哪个被抓的罪犯受伤留下的。"这么想着，他把轿车门关上，开车离开了。

在这座高原上，似乎只有陈国富这辆车在跑。东边的天空变得绚丽起来，晨光即将把高原从月夜切换过来，进入白日模式。左侧的荒原上，一群藏羚羊风一样奔驰而过；天上，一只鹰在展翅翱翔，高原又有了生机。陈国富看到这些景象，唱起了《青藏高原》，似乎把昨晚的不快真的忘掉了。

过了甜水海，就是死人沟，那里的很多路段更难走，到了死人沟口，他准备眯一会儿再往前赶。他把汽车停在路边，拿出馕，就着胶壶里已经冰凉的水，填着肚子。

就在这时，一辆北京吉普从死人沟里开了出来。他一看，知道是辆军车，再看车牌，知道那车是红山河机务站的。他下了车，挥了挥手。常年在这条路上跑，他跟机务站的人都认识了。吉普车停住，面色黑红的李勇排长下了车，很亲热地和他打招呼：“陈师傅，这么早？”

“命苦啊，拉的有蔬菜，路上没法耽搁。李排长，你们也早得很。”

“通信线路出了问题，要巡查，急活儿，我们接到任务就出发了。”李排长给陈国富递了一支雪莲烟，又掏出打火机给他点上。车上的其他三个战士也下了车，跟他打招呼。

“多谢你的烟！”陈国富用力吸了一口，“我这一路过来，能看到的线路都没事。”

“那问题可能出在红柳滩到康西瓦之间了。”

“你们还得跑那么远啊，真是辛苦。”陈国富几口就把一支烟吸掉了一大半，说到奇台达坂，他又想起了那辆警车，“两个苕子警察，开着辆轿车，上这高原来了。”

“咹？不可能吧！什么轿车啊，能开到这里来？”

“好像是那个什么蓝鸟，进口货，开到奇台达坂下，趴窝了，一个家伙昨晚困在车里，求我把他送到红柳滩，说好给一百块，最后一分钱没拿着，如果不耽误时间，我现在都过了死人沟了。”陈国富说起这个事，又生起气来。

“哪个警察这么苕啊，不晓得这里的路况？”开吉普车的老兵说，“警察怎么会不给你钱？”

“说是身上没现钱了，但却有钱在天堂酒吧里快活，一个警察说回头寄给我，我看悬。”他把烟吸得过滤嘴都着了，“也是两个糊涂警察，把车扔在达坂下，挨副驾那边的玻璃都被砸掉了。”他压低了声音，“我瞅了一眼，车上还有血迹呢。”

“哪来的血迹呢？”李排长问。

“鬼知道啊，我估摸是警察抓罪犯受了伤留下的，要么就是哪个被抓的罪犯受伤留下的，不过后排座位脚垫下的血还是新鲜

章子怡的传奇

广东一家 著

一行書

的。"陈国富说着，掏出自己五毛钱一包的天池烟，给每人找了一支，"不好意思，我这是便宜烟。"

大家都把烟点上了。李排长问陈国富："你说血还是新鲜的？"

"是啊，黏手。两人都有枪。"

"长的，还是短的？"

"短的。"

李排长说："警察带枪，也属正常，他们的事，我们当兵的管不着；他们做的事，我们也不懂。不管他，陈师傅，我们得出发了，你路上顺利！"他说完，就和战士们准备上车。

"你们也注意安全，甜水海那段路全是大坑，你们走最右侧的道。"陈国富又像突然想起来了似的，对李排长说，"你们到奇台达坂后，如果那辆车还在那里，到了红柳滩可以告诉那两个警察，他们的车玻璃被石头砸烂了。"

"好的，放心吧！你真是好人哪，钱都没有拿到，还替别人着想。"

"人家毕竟是警察嘛。"

吉普车开动了，李排长笑着向他挥挥手："过红山河的时候，到机务站来耍。"

"一定的。"陈国富也转身爬上了自己的车。

十

李勇看到那辆娇滴滴的轿车是在他和陈国富分手两小时十九分钟之后。大家下车围着它转了一圈，看到它已看不出本来的样子，都觉得可惜。

看了车牌，的确是公安的，但李排长还是对它产生了怀疑。

他拍了拍车顶："这车很可疑啊！"

老兵问："这不公安的车吗？有什么可疑的？"

"这样的进口车很少，公安很少装备，即使有那么几辆，也只会放在机关做接待车用，不可能用这么好的车跑新藏线。陈国富送人去红柳滩，无疑是救命，竟然赖账不给钱，这也很少遇到。"

"难道……这会是一辆赃车？"另一个战士有些惊讶。

"现在还很难说，还是看一眼车里是不是有陈师傅说的血迹吧。"李排长说完，拉开了驾驶室一侧的车门，钻进了车里。

他撅着屁股把后座看了，座位上的确有血迹，脚垫下的血还没有干透，揭开另一个脚垫，下面也是。他感到有些恶心，抬起头，舒了一口气，把恶心感压下去后，又把手伸进前排座位下，竟摸出了一把沾血的菜刀、一个警官证，竟然还有一副军车牌照。

当他从车里出来，表情变得十分严肃："这辆车的确有问题。"

三个战士急切地想知道有什么问题。李排长跟他们说了他发现的东西。然后，他对驾驶员说："陈吉祥，你想办法把后备厢打开。"

"进口车不晓得好不好弄，我研究一下。"

陈吉祥到了车后面。不到三分钟，后备厢打开了。在打开后备厢的同时，一股血腥味扑面而来，他像被谁捅了腰子，尖叫了一声，转过头："你们还是不要看了，太恶心了。"

李勇看到，后备厢里血肉模糊，除了血糊糊的衣物，还有用塑料包裹着的一颗人头和一条人腿。

"他们肯定不是什么警察。"李勇把车上的冲锋枪交给一名战士，"武国庆，你在这里看护现场，不要让人再动这辆车。陈吉祥，我们走，以最快的速度赶往红柳滩！"

陈吉祥把这辆已在世界屋脊跑了137549公里的吉普车开得像赛车一样，车屁股后面的烟尘腾起至少有八丈高。

"看来是杀人分尸，怎么整？"陈吉祥问。

"得报案，但首先要想办法控制住他们，不要让他们再伤害人。"李勇看了一眼已升起的日头，"好多司机都上路了，要防止他们找车逃跑，更要提防他们劫车、劫持人质。"

两人说着，车已翻过达坂，下行了三十七公里后，他们看到了第一辆开往阿里去的卡车。

"得让那辆车停下！"李勇对另一个战士说，"陈小双，你带上枪下车！"

陈吉祥刚把车停稳，李勇和陈小双已跳下车，陈小双把那辆卡车挡停了，师傅把头伸出车窗，问道："同志，有啥事？"

李勇说："部队演习，可能要半天时间才能结束，你要在这里等着。"

"知道了。"

"多谢！"李勇转过头，"陈小双，你就在路中间，把往阿里去的车挡住。"

陈小双向李勇敬了个军礼："排长，你放心！"

陆续上来的车都被挡住了。

李勇到了红柳滩，跳下车后，他对陈吉祥说："你就不要下车了，继续前行到八号桥，把上阿里和下叶城去的车都拦住，就说部队演习！"

"决不拉稀摆带！"陈吉祥说了一句四川话。

李勇看到一些人还在兵站对面吃早饭。天堂酒吧像个还在睡懒觉的人，现在最安静。黄毛金牙拿着牙刷缸，从帐篷里钻出来，对着无名雪峰伸了个懒腰，然后开始刷牙。李勇和他认识，想去探个虚实，就快步穿过公路，半开玩笑地搭讪道："黄老板，早啊！"

黄毛金牙抬起头，一见是李排长，忙把一口牙膏泡沫吐出来："哇，李排长啊，你怎么到这里来了？"

"有点事。你这里是越来越热闹了，现在，客人都走了，你就清闲了。"

黄毛金牙把嘴巴递到李排长耳边，压低了声音说："还有两个人在挺尸，都是警察，都带着枪，有个昨晚包夜，半夜又来了一个，他俩就占了一顶帐篷！昨晚就想着吃白食，我等会儿看他们怎么跟我算昨天晚上的账。"

"这个账一定要算，警察就不该来这样的地方，一分钱也不能便宜他们。"

"听我们的小妹说，昨晚陈国富师傅送他们中的一个人下来的，最后硬是一分钱没有要到。你放心，我可不是陈国富。"

"陈师傅是好人，大家都认识的，帮着把他的钱也要上。"

"人家是警察，那个钱可不好要啊。不过，你晓得我是江湖中人，义字在先，陈师傅那个钱我一定尽力！"

"那好，兵站开早饭了，不耽误你刷牙了。"

"空了过来喝酒。"

"你那里的酒叫花酒，我就不来喝了。"

黄毛金牙嘿嘿笑了。

十一

帐篷里有电热毯，被窝里热烘烘的。陈国富走后，那个人本来要找那人算账的，但他实在太困了，倒头便扯起鼾来。那人有些恨那个人坏了他的好事，让那个女人最终溜掉了。

他点了一支烟，慢慢抽起来。想起刚才和女人做的事，他扯着嘴笑了笑。他的笑不难看，他笑的时候，烟雾笼罩的面部表情显得很柔和，一点也不像个舔着刀刃上的血活命的人。他决定去把那个女人要回来，不然他就亏待了这个夜晚。

他穿上衣服，披上黄毛金牙给他的皮大衣，钻出帐篷，在月光下撒了一泡有些疲软的夜尿。过了一会儿，他又缩进了帐篷里。听着叶尔羌河的流水声，没过多久，便也沉沉地睡着了。醒来的时候，发现自己这一觉睡得不错，一夜无梦——好梦没有，噩梦也没有，感觉很是满意。看着那个人还睡得跟死猪一样，想起车还在达坂上，晚上没事，白天过往的人多，万一发现了什么异常，他这条贱命就玩儿完了，一下子紧张起来。

那个人显然还记恨着昨晚的事，睡脸上依然带着恼怒，睡觉时都咬着牙。那人看着他的样子，轻蔑地一笑，踹了他一脚。那个人猛地坐起，一下站起来，惊慌失措地要逃跑。

"你看你那个尿样！"

"我梦见警察追我。那些警察都长着翅膀，我逃到哪里他们都能追上。我也想飞，刚飞起来就被一个红脸警察踹了一脚，我从天上直往下掉，好半天才落到地上。"

"那是老子在踹你。"那人想把警服的风纪扣扣上，但脖子太粗，很费劲。"被警察追？记住，你我都是警察，走出去了要有个警察的样子。"

那个人眼带仇恨地在背后盯着那人,不屑地撇了一下嘴。"你昨晚至少应该给那个师傅一点钱,一分钱不给太过分了!"

那人转过身:"老子这里没有'应该'这个词儿,也没有'过分'这个说法。我现在问你,你跑下来做什么?"

那个人像被点燃的钻天炮,一下蹿起老高:"我跑下来做什么?你说我跑下来做什么!老子不跑下来,今天早上就死翘翘了,人都变硬了!"

"你看你,怎么跟我说话呢!"那人呵斥道,"一个晚上都坚持不了,出了事怎么办?"

"那你为什么不快点找人上去修车?却在这里吃喝胡搞。"

"这个鬼地方就指甲盖那么大个地方,修车的人想找就能找得上?何况那是进口货呢。我打听了,只有这个黄毛和兵站的人能修。兵站的人能去找吗?黄毛晚上要照顾酒吧的生意,能上去吗?所以我只有在这里等着,等到今天一早就叫他上去。"

"那现在怎么办?"

"你赶紧到旁边去拿上十几个馕,带上水,搭一辆过路车上去,无论如何要赶紧回到车上,特别是后备厢里的东西要赶紧处理掉,扔到离公路越远的地方越好,让它尽快变成狼屎。"

"我不去。我在下面找人。"那个人赌气地说。

那人很生气。"你不去老子去,等货处理了,钱不再是四六开而是三七开。"

"给我一成都行,这次过后,老子再也不干了。我要活命。"

"一成,这可是你说的!"那人说完,气冲冲地要往帐篷外面钻。

"你得给我钱,我要吃饭,你昨天把所有的钱都拿走了。"

"自己去抢！"

"好，反正也不差这一次！老子这就去抢馕。"那个人说着，把枪从裤腰上拔了出来。

那人回过头，看到一把枪指着他。

"你不是要去抢馕吗？"

"老子先把你一枪崩了，再抢也不迟。"

那人转过身，盯着那个人，指着自己的脑门说："来，有种你朝老子这里来。"

那个人"咔"地打开了保险："你他妈的不要逼我！"

"老子就逼你了，来，不开枪你他妈的是杂种！"

"老子说了，你不要逼我！"那个人提高了音调，声音一下变得尖细起来。

"老子今天就逼你了，有种你他妈的就开枪！"

那个人的脸显然被激怒得变形了。

就在这时，金毛黄牙撩开了帐篷门帘，那个人一分神，那人也掏出了枪。两人用枪相互指着对方，像枪战片里一个固定下来的镜头。两人僵持着，互不相让。黄毛金牙看着两人，被吓了一跳，但还是调侃道："哟嚯，两个警察同志在练枪法啊？"

那人把枪先放下了："你有什么事？"

那个人也把枪放进了裤兜里。

"打扰了。"黄毛金牙拱了拱手，"我在大帐里等你们吃早饭。"

"你先去饭馆买点吃的、喝的。"那人从裤兜里摸出几张十元的纸币，压低声音、咬着牙对那个人说，"兄弟，我们不要闹了，那车处理了，还是四六分成。但你现在必须赶到轿车那里去，不然，一旦露馅，你我都会被枪毙的。"

那个人软了口气："你今天上午必须找到修车的人，来把车修好。"

"我去填一填肚子，马上就带着刚才那个金毛上山修车，在我们上来前，你要把车收拾干净。"

那个人没有进大帐，而是到马德的饭馆要了一碗羊肉汤、两个肉馕，大口吃起来。他把馕泡进肉汤里，很快就填饱了肚子。

"再给我十个馕，再买一个胶壶，给我灌上水。你跟过往的驾驶员熟，能帮我拦一辆车吗？我的车坏在达坂上了，我要去修。"

"没问题。可能得给点钱。"

"多少？"

"你自己去说，怎么着也得收你三十块，我去讲讲，二十块应该没问题。"

"那太感谢你了！"

马德走到一辆准备去阿里的卡车前，跟一个维吾尔族司机嘀咕了一阵子，然后走回来，对那个人说："讲好了，二十块。那个师傅叫艾山，他马上走。"他把用塑料袋装好的馕和灌满了水的胶壶递给那个人，"同志，我这羊肉汤和馕咋样？"

"好得很。"

"等你回来再尝尝我的烤肉，那更过瘾！"

"一定。"

那个人接过东西，赶紧往那辆车跟前走。到了车跟前，艾山伸出长满黑色汗毛的手，同他握了握，然后对自己的伙伴说："你嘛，先到大厢上看风景去，驾驶室这个座位嘛，要让警察同志坐。"

"谢谢艾山师傅！"

"现在嘛，二十块钱先拿来。"

"这就给你。"那个人赶紧掏出两张十元纸币，递给艾山。

"现在嘛，请您上车。"

那个人爬上了车，艾山把车发动了。

汽车驶过兵站门口时，那个人看到那人挺着瘪了一点的肚子，钻进了大帐里。

公路两边的堆垄和寸草不生的砾石陡坡不断掠过，面目狰狞。对比之下，他更愿意去看喀喇昆仑山脉腹地碧蓝的天空，停滞不动却在偷偷变化着形状的白云、远处或高拔或庸常的雪山，渐渐高升的日头，甚至在大地与天空之间无声掠过的疾风。他突然陷入一种悲哀，因为他意识到，他已不可能拥有天空中甚至大地上的任何东西。他羡慕起每一粒砾石、每一棵无名的小草、叶尔羌河的每一滴水，甚至每一粒停留在高处的雪……他突然想大放悲声。他把头转向车窗外的方向，抑制住了想大哭的欲望。他看了看自己的那双手，它是完好的，手掌不大不小，手指甚至有些修长，但他突然觉得它不属于自己，突然觉得它很恶心。他发誓，这次如能侥幸无事，他一定洗心革面，改名换姓，找个地方重新生活。他想到这里，似乎觉得人生又有了一点希望，之后他便看到一些上下高原的车都停下不走了，就问艾山："朋友，这些车怎么都停下来了？"

"具体的情况我也不清楚。"艾山把车停靠在公路右侧，"可能有什么军事演习吧，要么就是出了车祸。"

"不会堵太久吧？"

"堵车应该很快就会处理，如果真是军事演习就不一定了。"

"唉，怎么这么倒霉！"

"在这个地方，这样的事嘛，经常发生，你是第一次在这个路上走吗？"

"第一次走。"

"难怪。"

"小轿车能开到那个什么狮泉河吗？"

"小轿车？"艾山露出夸张的、表示无比惊讶的表情。

"是的，小轿车。"

"朋友，这是什么路你不知道吗？你要能把小轿车开到狮泉河，就相当于想骑着母鸡上天堂哪。"

"我不知道这条路会是这个样子，开着车子翻过这个达坂，车子就趴窝了。"

艾山再次露出惊讶的夸张表情："我的胡大，你这是不要命啊！"

"那现在怎么办？"

"再不能往前走了，根据我的经验，你那个车嘛，能颠到这么个地方，已经是奇迹了，但它嘛也颠散架了，就像人一样，骨头嘛散开了，经脉嘛断掉了，心肝脾脏嘛颠坏了。"

那个人一下子绝望了："那怎么办啊？"

"把车扔了，赶紧回到氧气多的山下去；反正是公家的车嘛，找辆车，把它运下去，报废就是了。"

那个人觉得自己一下瘫软了，过了一会儿，想重新找回希望似的，对艾山说："我们那个车是进口货。"

"在这喀喇昆仑山上嘛，什么货放在这里都一样。"

那个人哀叹了一声："没想到会这样。"他彻底绝望了，不想再往前走了。但想起车里要处理的东西，他还得赶紧赶到那里去。

十二

　　李勇来到兵站时，站长叶福成正准备起床。这个上尉到这里才两个月，已被高原反应折磨坏了。因为高山反应和失眠，他已从一个精壮干练的青年军官变成了似乎刚走完二万五千里长征的老兵，一脸沧桑，满面愁容，像有无穷的心事压迫着他，使他喘不过气来。他强打精神地一边穿着军装，一边听李勇说事。李勇说完，他的身体一下挺直了，一下有了精气神："还有这等事？！"

　　"现在怎么办？"

　　通信员给站长和李排长端来了一杯热水。"失眠使人口苦。"站长说着，端起水杯漱了口，把漱口水"噗"地用力喷射到门外，"抓起来！"

　　李勇说了他想好的处置方案。

　　"整得好，不让车走，他们就没法逃了。"

　　"需要报警和报告上级吗？"

　　"线路不通。"

　　"线路可能坏在红柳滩和康西瓦达坂之间了。"

　　"发电报吧。"

　　"好。"站长已换上作训服，叫通信员把兵站在位的干部和老兵都叫过来。很快，大家小跑着到了站长跟前。站长概要地说明了情况，然后开始下达命令。

　　"袁排长，你带应急处突小组立即备枪备弹，加强营区警戒，听候下一步命令；陈副站长，你带两个人，全副武装，去八号桥接替陈吉祥，在那里设检查站，就说部队演习，暂停车辆通

｜无名之地｜121

行，让陈吉祥去把电话线路搞通。"

两人领命而去。然后，站长精神焕发地转过头来，对李勇说："李排长，你带两个战士再去那辆车跟前取证，继续留人看守现场，并在512道班处设检查站，检查通行车辆，也说是部队演习。带上武器，注意安全。"李勇转身离去时，他又吩咐说，"把他们的警报器带回来备用。"

交代结束，叶福成来到话务室，左手叉腰，让话务员发报："电报内容：据红山河机务站李勇排长今日8点23分来报，其巡线时，在奇台达坂K545里程碑附近，发现一坏在路边之进口日产牌警车，人已离开，车后座有血迹，前排座椅下有沾血之菜刀及伪造证件，后备厢内有被肢解后的人头和大腿，血迹甚多，可能为劫车杀人分尸。两嫌疑人持枪。现已派人去车辆现场进一步查证。目前嫌疑人滞留在红柳滩，为防其逃窜，我站已限制红柳滩至奇台达坂方向及红柳滩往三十里营房方向车辆上下通行，我站已做好准备，随时应付突发状况。下一步如何行动，请示。鉴于部队无权抓人，请速向叶城县公安局报案。"

发完电报，他已脱下军装，换了便服，对通信员说："你就守在这里，我要出去侦察一下，一刻钟后返回。"他说完，出了房间，从兵站侧门走了出去。

太阳还没有照进河谷，河谷仍有萧萧寒意。马德正撅着屁股把馕往馕坑里贴，馕坑里的炭火把他半个身子映照得通红。叶福成把他的屁股拍了一巴掌。马德把上半身从馕坑里拔出来，火把他的脸烤得红扑扑的。

"是站长啊，你可是很少到外头吃早饭的。"

"想喝你的羊肉汤了，给我来一碗。"叶福成拿起一个馕，在靠近馕坑的地方坐下了。

"我这羊肉汤三天不喝就会想。"马德很自豪地舀了一大碗，端到叶福成面前。

"那是。喔，对了，最近上阿里的人好像多了，你这里生意也应该好了吧？"

"现在是人最多的时候，生意还可以。你听说没有？有苩子都开着小轿车上山来了。"

"不可能吧。"叶福成假装不知道。

"还是警察呢，不过，车还没有翻过奇台达坂就坏了，一个人昨天下来找修车的，他们开的是进口轿车，只有你们和金牙能修，我让他来找你们，但他没有来，而是大摇大摆地到天堂酒吧鬼混去了。但今天早上又冒出来了一个，在这里吃的早饭，吃完后让我帮他拦车，说要上奇台达坂。"

"已经走了？"

"走了一个，是个瘦的、矮的、小的，估计是昨天半夜下来的，那个壮实的还没有走。"

"他坐的谁的车？"

"艾山的，开了二十块钱。"

"你确定只走了一个？"

"当然确定了，另一个肯定还在天堂酒吧里头。"

"帮我去把金牙叫出来，你晓得的，我们军人不方便到那个场所里头去。"

"好的。"马德说完，小跑着钻进了天堂酒吧里。

叶福成把馕掰成小块，泡进羊肉汤里，往肚子里大口填着。

马德进去后，大帐里已经空了，好像昨晚所有存在于那里的东西都只是一个纷乱的梦。一团光从帐篷顶上的天窗漏下来，凡尘在里面飞舞、上升。一个女人跪在地上收拾东西，但可能是被他们的动作吓住了，一动不动，如同雕塑。马德也一下愣住了。

——那人的手枪对着黄毛金牙的心口，黄毛金牙的双管猎枪也对着那人的脑袋。

马德的脑子似乎跑走了，里面是空的，不知该进还是该退，也变成了一尊雕像，半晌才冒出一句："你们……耍着咧……"

没人搭理他，帐篷里的空气似乎是凝固的。马德转身想走，那人低声吼叫："不要动，就站在那里。"

马德不敢动了："出门在外嘞，有话好好说。动刀动枪的，又不是演电影。"他劝解道，"为啥嘞嘛？"

"这个警察睡了女人不付钱。"

"老子是包夜，但昨天半夜那个女人就跑毬了，老子为啥要付钱。"

"那是因为另一个男人钻了进去，女的肯定只能走开。"

"老子是包夜，她就不能走！"

听他们都说了话，马德松了一口气。"钱的事好说嘞嘛，何况又不是成千上万的钱，莫要把命拿来耍。真要动了枪，近旁就是解放军的兵站，哪个也跑不脱。"

"这个人看来吃白食吃惯了，昨晚陈国富把他的人从奇台达坂上送下来，说好的一百块，最后一分钱没拿着。他今天不仅要付我的钱，还得把陈师傅的钱给付了。你在其他地方怎么横吃横喝都可以，但在红柳滩不行！"

"别人的钱关你鸟事。包夜的钱老子是不会给的，我在你帐篷里睡了一宿，只给你住宿费，五十块，多的一分钱没有！"那人想息事宁人。

两人扯来扯去，显然都服了软。马德看出他们不敢来真的了，就说："你们都把枪收起，都是真家伙，可不好耍。不就是一两百块钱的事嘛，坐下来慢慢说咧。"他说着，走了过去，把两人的枪口都朝下按着，继续对那人说，"这样，你再加五十块，怎么着那女人也是陪了你的。"

"五十肯定不得行，说好了一百块的。"

那人也不想再僵持下去，便说："我给你一百，给那个陈国富七十。"那人把一百七十块钱愤怒地拍在了桌子上。

马德一见，赶紧说："这样就好了，都是久走四外的人，退一步海阔天空嘛。"

黄毛金牙把钱拿过来："看在你是警察的分上，这次就便宜你了。"他把其中七十块递给马德，"这个你交给陈师傅。"

"好好好。"马德把钱捏在手里。"金牙，我是来喊你吃早饭咧，先吃饭咧嘛，羊肉汤熬得正好。"马德说完，赶紧往帐篷外退，一边嘟囔着，"我的馕还在馕坑里烤着，烤焦了可惜咧。"

叶福成已经把馕和肉汤都填进了肚子里。马德脸色有些煞白地回到了自己的馕坑前。他的脚步有些飘，声音有些发虚："那个胖子还在。要吃白食，黄毛金牙的白食岂是好吃的？都用枪指着对方咧，我如果不进去，如果不劝他们，他们可能都已经火并上了。"他有些后怕地突然提高了嗓音，"你知道吗？那个杂种竟然用枪指着我。"

"哪个杂种？"

"就是那个胖子。那个杂种的枪口对准我的时候，我的腿一下就发软了。"

"金毛会出来吗？"

"我去喊他，估计会出来的，他逼着那个杂种给了一百七十块钱，其中七十块钱是帮陈国富要的。这就说明那个杂种也欠陈国富的钱，他怎么会欠陈国富的钱呢？"

"看来这里面越来越复杂了。"

两人正说着，黄毛金牙钻出帐篷，来到了马德的馕坑前。他的脸色不好，怒气未消，看到叶福成坐在那里，赶紧把脸上的怒气抹掉，堆上了笑。

"大老板怎么了？谁又惹你生气了？"叶福成用玩笑的口气问。

"首长，一个警察竟用枪顶着老子的头，要吃白食，你说丢人不？"

"马德跟我说了，你们是用枪互相顶着，有点像警匪片里的镜头，肯定是你先用枪顶着人家吧。"

"神了！你怎么知道？"

"你那个是猎枪，使用起来哪有手枪方便？如果人家先用手枪顶住你了，你哪还有机会去拿猎枪顶着人家呢。"

"厉害！"

"你觉得他拿的是真枪？"

"当然是真的。枪口发冷，有钢铁和枪油的味儿。"

"这个人很可疑，你要盯着他。"

"咋个盯？"

叶福成嘿嘿笑道："你都能在红柳滩弄家天堂酒吧，还没办法把一个人盯住？"

"交给我好了。"黄毛金牙用嘴从羊腿棒子上撕下一块肉，故作轻松地说。

"有什么情况，你告诉马德，他会随时到兵站报告。"叶福成把饭钱放在桌子上，转身大步朝兵站走去。

黄毛金牙和马德彼此望了一眼对方，觉得红柳滩的空气变得和雪线下的岩石一样沉重了。

十三

　　一只鹰在天空盘旋，下面是它熟悉的大地——明亮的河流，斑斓的荒原，苍茫的褐色群山以及点缀在群山间的白色峰峦；雪兔小心地出没，羚羊跃过山冈，藏野驴在奔驰，野鸭和灰头雁在泪水般晶莹的高原湖里游弋，秃鹫在啄食一头死亡的野牦牛，一群狼正飞奔着去抢夺秃鹫的美食；新藏线像一根缠绕在高原的细草绳，红柳滩像它打的一个结，靠近这个结的两边，各串着数十辆一动不动的汽车，不时有人烦躁地从车上跳下来又爬上去，而那辆不该出现在达坂下的小轿车，像个被玩坏了的玩具，遗弃在那里。这片大地看似荒芜、大寂大静，但依然有欢乐，有绝望，有生老病死，悲欢离合，也依然充满勃勃生机。

　　那个人总觉得有一双眼睛在盯着他，要么在背后，要么在头顶。这让他头皮发凉，脊背发冷。他心里越来越慌乱，像跳鼠似的，不停地从驾驶室跳下去，看一看后路，望一望前程，又骂骂咧咧地跳进驾驶室，问艾山路多久能通。艾山开始还说，演习呢嘛，我又不是解放军的司令员，我咋知道呢？后来就说，你不要问我了，我说过我不知道，这里氧气少得很，我的头嘛被你问疼了。最后就索性闭目养神，不再搭理他。

　　那个人也自觉没趣，坐在路边，绝望地看着排成长龙的各式车辆。然后望了望天空，他看到太阳是新的一轮，蓝天是昨晚才诞生的，白云是刚被蓝天分娩出来的，甚至那绵延逶迤的雪山上耀眼的积雪也是在他眨眼的瞬间覆盖上的。他很少往天上看过，很少看过远处。他现在看到的世界竟然这么新，这么辽阔，这么不同。他不由想起了自己的破烂人生，眼睛突然又潮湿了。

他自有记忆的时候，母亲就卧病在床，人们都说，是母亲生他时，大出血落下的病。九岁那年，母亲撒手人寰，结束了自己贫病交加的人生。考上高中那年，像一头老牛一样辛劳的父亲看到他的录取通知书，很高兴，说："我娃有出息，爸赶紧给你筹钱去。"刚要站起来出门去，突然大叫了一声，捂住心口，靠在土墙上，身体顺墙滑坐在地上。他问父亲怎么啦? 父亲示意他赶紧去叫村医。他飞奔着去把医生叫来，父亲靠在墙上，已经去世。医生说是心梗。父亲用最后的力气，用指甲在土墙上写了三个歪歪扭扭的字：要读书。"书"的那一竖没来得及写完。他是父亲的独子——爷爷、奶奶也只有父亲一个孩子，当时他们都已八十多岁，需要照顾，需要他种地糊口。虽然父亲希望他读书，但他知道不可能了，他把录取通知书在父母的坟前与火纸一起烧了，开始种地，到外地打工。他家住在玉门靠东一片沙漠边缘的沙窝子里，他给自己的规定是，以玉门为中心，回家的距离不能超过两天，这样，爷爷奶奶如果有事，他就能及时赶回去。所以，临近玉门的酒泉、嘉峪关、哈密，他都去干过活儿；然后去过武威、张掖、兰州、西宁、乌鲁木齐、库尔勒、银川……他像一只羊，在荒凉的草场上不断扩大就食范围，但依然吃不饱。以致他把爷爷送老归山后，再没钱给奶奶看病了。

埋葬了爷爷，他到乌鲁木齐一个建筑工地干活儿，还没干到四个月，听说奶奶得病，他赶紧往家赶。老板恩赐似的甩给他二百块钱，让他不要再来了。想着这钱还得回去给奶奶治病，他捡了个塑料瓶在火车站接了一瓶自来水，花一块钱买了一个馍，又花一块钱买了一张站台票，挤进了沙丁鱼罐头般的火车里。

车刚过大河沿，挤上来一帮扛着一摞摞塑料小凳的人，十块钱一把，要没有座位的人每人买一把，不买就要挨打，那就是那个年代的"车匪路霸"。但车上太挤，买了凳子的人根本没法坐下，只能把凳子举起。他身边的座位上就坐着那人，当时穿着公安的制服。他的二百块钱缝在内裤里。他说自己没有挣到钱，求那人帮帮他。那人说，你先在我的座位上坐下。那些人自然不敢让公安买那个破凳子。他感激不已，两人由此攀谈起来。最后给他留了一个地址，让他以后要做事就去找他。临分手时，那人还掏出一百块钱给他，让他非得给老人家买身衣服。

六个月后，他奶奶去世，安葬了老人，他就按照那人留给他的地址，在库尔勒找到了他。但他们见面时，那人已不是公安，而是一位有着少校军衔的军官，说是某团后勤处处长。那人直接告诉他，他有伪造的各种证件、各种身份，每个证件上的姓名都不一样，所以他不用知道他的姓名。

他犹豫是否留下来。那人说："你现在不能走了，要走，也得等我换了新地址、换了新身份再说。不然，你带着警察来抓了我怎么办？"

他也无处可去，他叫他老大，就问："老大，那我们究竟做什么？"

"什么来钱容易就做什么。"

他只好留下来，他们主要是偷车。把乌鲁木齐的车偷了，卖到西宁；把西宁的车偷了，卖到银川；把银川的车偷了，卖到库尔勒。两人很少失手，开始紧张，后来就慢慢习惯了。那人开始也算他师傅，教他开锁、开车，管他吃喝；半年后，他手艺学成，即二八分成，再半年，就三七开了。他不再缺钱，觉得比他之前去仓库扛包、去荒野修路、去建筑工地码砖轻松多了。每单活儿只要做成，那人从不拖欠他的钱，这让他尤为感动。他之前工钱总被工头拖欠，有时辛劳一年，连路费都没有。人一旦过上那样的日子，就不愿再改变。他也没再提起过离开的事。

本来一切都好好的。他甚至想过，等再干几单活儿，挣够了"第一桶金"，就转行做正经事，按那人的说法，早晚得把自己洗白。

这单活儿是那人答应给他四六分成的第一单。

他们来到了喀什。那人盯上了那辆蓝鸟。据说那车大多是从巴基斯坦走私来的，当时（1996年，作者注）在新疆还很少见，所挂车牌非警即军，但绝大多数都是假的，所以，被偷之后，很多人都不敢报案。那天晚上，喀什噶尔这座古城在夜里一点钟时，月亮被沙尘暴早早地抹去了，两人从开锁到把车开出城，都很顺利。但出疏勒不久，后座却有人放了一屁，两人相互看看，都以为是对方放的，没有在意，打开车窗，让风把臭气刮走了事。不想后座那人经夜风一吹，酒醒了，迷迷糊糊地坐起来，向两人要水喝。

"水！老子……渴死了！"

两人三魂被惊掉了两魂，都把脸尽量朝前。

那人应付说："车上没有水，等会儿我给你买去。"

"你们……又把老子灌醉了，这是……哪里？"

"回宾馆的路上。"他应付说。

"去宾馆……干什么？老子……要回家！"

"好，回家。"

酒鬼想把头往前排座位间伸："是他妈的谁……在跟我说话？你……他妈的是谁？"

他刹了一脚车，酒鬼往前伸的头又被拁了回去。

"我是你朋友的朋友，他们都喝醉了，叫我们来送你回去。"

"哪个朋友？叫什么名字？"酒鬼显然清醒了一些。

"你在后面好好休息，马上就到家了。"

酒鬼摇下了车窗："这是什么鬼地方？你们是谁？不会是偷车的吧！"

他猛地刹了车，那人在车刚刹住时，已顺手摸起脚下的扳手，打开车门，钻出了车。随机把后车门打开，抓住酒鬼的衣服，将他从车上拖了出来。

酒鬼有些瘦小，一见这阵势，酒全被吓醒了，爬起来，拔腿就跑，那人将手里的扳手猛地朝酒鬼砸了过去。

他也什么都没想，就追了上去。没跑出几步，就看到酒鬼扑倒下去，消失了。

扳手正中酒鬼的后脑勺，像长在了脑袋里，他在地上无力地挣扎了一阵，断气了。

两人都傻了，最后，那人说："活该他死！"

"我们不要这辆车了，我们跑吧。"

"倒血霉了，谁想到，这上面还睡了个酒鬼，谁想到，一扳手出去，就把他砸死了！"那人也有些沮丧，"终于他娘的杀人了……"

"怎么办？"他害怕起来。

"销赃呗，怎么办？先把他弄到车上。"

"往哪里销？"

"这一单活儿既然这样，只能走趟远路了。走219国道，去拉萨。沿途人少，进了昆仑山，把这玩意儿卸成几块，喂狼、喂秃鹫，成了狼粪、秃鹫屎，哪里找去？我们把车拾掇干净，说不定在拉萨还能卖个好价钱。"

于是，两人给车加装了警灯，上好伪造的公安车牌，就连夜往喀喇昆仑山里开，过了阿卡子达坂，两人趁黑分了尸，然后每隔几十里抛掉一块。到奇台达坂，抛掉那个人头和剩余的半条人腿，就完事了——没想，报应来了，车趴窝了。

十四

阳光明澈，吹过的风却带着寒意。一声汽车的喇叭声惊得那个人猛地一跳。

是一辆部队的北京吉普，车头离他只有三尺远了。玻璃的反光晃了他的眼睛，他赶紧跳到路边。他看见驾驶室里的两张脸很严肃地一晃而过。

那个人站在路边，"他们是当兵的，发现了车里的东西该咋办？"看着远去的军车，他心里想着，突然感到一阵害怕。他的头剧烈地疼痛起来，像有人在用铁锤砸着他的脑仁儿。他有些眩晕，不得不把双手撑在一块冰凉的石头上，以使自己不倒下去。

"我得……离开这里！"他这么想着，就往车上爬。

"你这个朋友，好好坐着嘛！爬上爬下的，这是车，又不是女人。"艾山很不高兴地说。

"就你他妈的屁话多，我忍你很久了。"那个人说着，掏出手枪，"咔"地打开保险，把枪口顶在了艾山右边的太阳穴上。

"干吗？哎，朋友……同志，我就抱怨了两句，也不至于这样子嘛。"

那个人把枪口移到了艾山的右腰上："把车掉头，往回开！"可能是高山反应的缘故，他说起话来一副咬牙切齿的样子。

"可我要去阿里啊！"

"别这么多废话！我一扣扳机，这颗子弹就会从你肋下穿过心脏再从你左边的颈项处飞出去。"

艾山哆嗦了一下："同……同志,我……我马上掉头。"

这段路不宽,掉头不易。但艾山是跑新藏线的老司机,还是把车头掉过来了。车上的同伴刚才裹在皮大衣里睡着了,现在醒了过来,在上面问他掉头干什么。

"让他滚下来!"

艾山停了车,冲着车窗外,颤抖着声音喊叫道:"你……你下来,我跟你说。"

"别胡说!"

"明……明白。"

一个人像一头熊似的滚下车来,在车下望着艾山。

"这个同志加了钱,要返回红柳滩,刚好堵在这里也不能走,你在这里等我一下,我把他送下去就返回来。"

那人刚睡醒,没有怎么想,就爽快地答应了:"亚克西。"

汽车颠簸着向前开去。艾山的额头上不知多久冒出了细密的汗水,身上的狐臭味也随着汗腺分泌出来,在驾驶室里弥漫。那个人的高山反应似乎更严重了,脸色发紫。

"同志,您……您拿枪对着我,我……我紧张得很,手发抖,心嘛也抖得很,感觉这个车嘛也抖得很。我开不好车,会……会很危险的。您……您不就是要回去嘛,我送您,哪怕送到叶城也麻达的没有。"艾山乞求道。

那个人的手腕也有些酸软了,他把手臂往回收了收,但枪口还是对着艾山:"老实点!"然后骗他说:"你好好开车,你的损失嘛我会一分不少地赔给你。"

艾山长舒了一口气,赶紧说:"能给警察同志帮个忙嘛,我高兴得很,你不用拿枪对着我。"

"那就好好开车。"

艾山的车技一流，却把汽车开得战战兢兢的。到了红柳滩，他小心地说："警察同志，到了。"

那人把红柳滩扫了一眼，咬了咬牙："我们下叶城。"

"可是……同志，我车上还拉着给人家的货物，我也是好不容易嘛才开到这个地方的，现在我开下去嘛还得开上来。"

"你不是说了把我拉到叶城也麻达的没有吗？"那个人又把枪口抵在了艾山的右腰上。

艾山觉得右边的腰子已被子弹击碎，右半个身子一下虚脱了，嘴唇不由得哆嗦起来："麻达……麻达的没有，麻……麻达的……没……有……"

"那就往前开。"那个人用枪口顶了顶他的腰。

艾山的额头冒出了汗，驾驶室里狐臭的味儿一下变得浓烈起来，那个人不得不用另一只手摇下了车窗。

汽车开出不到十里路，就看到了从红柳滩往山下去的车被拦住了，而往阿里方向的车也没有一辆开上来。

"咋回事？"那个人有些慌张。

"那个嘛，肯定是部队在前面也设了关卡。"艾山心里不由得一阵高兴。

"咋办？"那个人更慌了。

"你是警察，你跟当兵的说一下，应该会让我们过去的。"

"平时当然可以，但人家如果是搞演习，谁说都没用。"

"那是往前走，还是退回去？"

那个人已感到绝望，但他没有流露出来："先往前开一段路再说。"

转过一个从荒凉山体伸出来的狗头似的堆垒，一辆军用吉普横在了八号桥上，吉普车的两边都是等待通行的车辆。一个中尉带着两个战士，荷枪实弹地站在车前。

"退……退回去！"那个人一见那阵势，赶紧对艾山说。

"怎么退？这个路嘛这个样子！"艾山见那个人那么胆小，说话的口气不由得重了。

"那也得退。"

"我嘛就不懂得很，他们是当兵的，你是警察，一家人嘛，你去跟他们说一声，说自己有事情，要过去一下，啥麻达事也不会有嘛。"

"你不要啰唆，我让你退后就退后！"那个人把枪口又顶到了艾山的腰上。

"我退，我退，你嘛，把那个东西拿开一点，不然嘛，我这半个身子冷得很，右边的这个手嘛也没感觉，这个样子怎么倒车？"

那个人一听，把抵着艾山肋骨的枪口拿开了点。

"你自己看看这个路，往前开都觉得是在英吉沙刀子的刀口上跳麦西来甫呢，往后倒不跟在英吉沙刀子的刀尖上跳麦西来甫一样吗？"

车总算退回到了红柳滩。两头的路不通，一些人便在这里闲逛，也有人趁此空闲，钻进了"天堂酒吧"里。有人在天府酒店点了菜，喝上了。很多人都知道，在高原上活命，要像云中漫步，急不得，该干啥的时候就干啥，不让干啥千万莫要去勉强。就像现在，人家部队要演习，你咋整？着急上火，就可能要了自己的小命。

那个人把枪在艾山眼前晃了晃。"等会儿路通了，还坐你的车。"下车前，又吓唬说，"警察执行任务，不要胡说八道，不然，吃不了兜着走！"

艾山连忙说："警察同志，您放心，我的嘴严得撬棍都撬不开的，我的车就停在这里，路通了，我来叫您。"

十五

黄毛金牙回到大帐，见那人靠在一摞被子上，已经鼾声大作。他撑着一张略微有些发青的、纵欲过度的、疲惫不堪的脸，张着嘴，一挂哈喇子随着鼾声从嘴角淌出来半截，又吸进去少半截。这使他看上去更令人厌恶。

黄毛金牙看了那人一眼。那人竟马上就醒了，一只手撑起自己的身体，一只手摸向腰间。

"不愧是警察啊，这么警觉！"

"正他妈睡得香呢。"

"昨晚你肯定没有睡好，不打扰你了，我也要眯一会儿。"

那人的呼噜声随即响起。黄毛金牙不得不佩服他的这个能力，他瞟了一眼那人枪可能在的位置，也靠在那人斜对面的一摞被子上，假装睡起觉来，没想没过多久，也真的睡着了。

那个人气冲冲地闯进来。那人在他掀开帐篷门帘的时候，就一下睁开了眼睛，把枪握在了手上。

"你他妈的怎么还没有去那里？"

"部队演习，所有的车都不让动。我只好退回来了。"

"部队演习？"

"这是边境，严格说，是边境一线，演习是常有的事。"黄毛金牙伸了个懒腰，带着惺忪的睡意说。

"真是撞到鬼了，这样的演习要多长时间？"

"大的演习十天半月都有可能，这次看来是小规模演习，最多半天就结束了。"

"真他妈的！"那人骂了一句，然后对那个人说，"总不可能走路去那里，等演习结束吧。"说完后，他的倦意再次袭来，把眼睛又闭上了。

帐篷正中有好大一柱圆锥形的日光，干净得发蓝。那个人径直走到那人跟前，一看他那个样子，有些生气，踢了他一脚。

"你还真能睡得着。"

"那咋整？"那人把自己的身体往旁边挪了挪，"你也来躺一会儿吧。"

黄毛金牙说："先休息一会儿吧，在这高原上，海拔那么高，要走路去，恐怕还没走到，人就报销了。"

"高原上，不动的时候，气都喘不匀。"那人说。

那人说完又打了一个哈欠，把头搁在枕头上，一歪，便听到了他的鼾声。

"看来，这个同志的确累坏了。"黄毛金牙一边说着，一边很随意地退回到吧台里，用抹布抹着柜台。

那人没有回黄毛金牙的话，一看，他仰躺着，张着嘴，也睡着了。

黄毛金牙在心里不屑地冷笑了一声，把猎枪小心地取下来，放在了自己顺手的地方。

十六

一辆吉普车带着高原的尘土，冲进兵站的院子里，似乎还没有停稳，李勇已跳下车来。他向叶福成报告了查证的情况。

叶福成说："两人携枪，红柳滩又聚集了这么多人，得尽快处理。"

"我们没有权力抓人。"

"不用我们抓。"

"叶城县公安局的人接到报案后，就是马不停蹄，至少也要十多个小时才能赶上来，这期间很难保证不出问题。"

"把警报器取下来。"

"那玩意儿有啥用？"

"等会儿你就知道了。"

李勇把警报器取下后，叶福成很利索地接好电源，然后拿出冲锋枪，把子弹推上膛，对李勇说："我要智取杀人狂魔。"

"怎么智取？"

"等会儿你就明白了。"叶福成说完，命令报务员，"你现在开始计时，二十分钟后把警报弄响。然后安排好进到院子里的人员，让他们不要乱跑。"

报务员看了看手表，说："好。"

叶福成对李勇说："你跟我走。"

两人出了营区。滞留的车辆挤满了红柳滩的空地，有些人困兽般来回闲逛，有些人聚在一起打扑克，有些人在车上昏睡，到处充满了一种无聊透顶的气息，这种气息与周围的荒凉媾和在一起，给人一种地狱般的虚无感。

"你我分头行动，你从东头开始，让红柳滩的司机锁好车，把他们都集中到兵站院子里，以免出现危险。我去西头，想办法把那三家店里的人也转移出来。"

叶福成来到马德的店里："有什么办法把黄毛金牙弄出来？"

"我喊一嗓子就得了。"

"那两个人还在他帐篷里呢。"

"我喊他出来拿烤肉。"

"你试一下。"

马德就喊了一声："金牙，你要的烤肉烤好了——"

黄毛金牙听到喊，心里狐疑，老子什么时候叫烤肉了？但还是从柜台后站起来，瞥了一眼那两个人，看他们睡得死人一样，便走了出来。

马德在自家的店门口朝他招手。他钻进门帘，看见叶福成站在里面。

"那两个人呢？"

"睡得死人似的。"

"我们要采取行动了，红柳滩所有人都要转移到兵站去，你店里那几个女的也要转移出来。"

"那好办，她们都在小帐篷里补觉哪。"

"赶快，不要惊动那两个人，"叶福成看了一眼表，"还有九分钟，你马上把她们带到兵站去。"

黄毛金牙说了声"麻达的没有"，一躬身出去了。

马德跑向兵站，叶福成把子弹推上膛，隐蔽在一辆解放牌汽车后面，然后看见三个花枝招展的女人从帐篷里钻了出来，然后踩着碎步，向兵站方向去了。他没有看见黄毛金牙，正着急，看见他牵着自己的马，从"白宫"另一侧走了出来。叶福成示意他快点。

黄毛金牙到了叶福成身边，小声说："他们可以把我酒吧里的女人掳去做人质，可不能把我的爱马骑跑了。"

叶福成看了一眼表："你赶紧牵着马到兵站去。"

"你一个人？"

"足够了。"

"你抓他们的时候，可不要把我的'白宫'弄坏了。"

"不要啰唆，根本就不会进你'白宫'里去。"

话音刚落，警报响起，黄毛金牙愣了一下，他的马惊得前蹄腾空，长嘶了一声。

那人一听到警报声，立马翻身而起，把枪摸在手里。看那个人翻了一个身，还要睡去，便用力踢了他一脚："妈的，条子来了！"

那个人一听，吓得一个激灵，睡意全无，也把枪摸了出来，哀叹道："完了完了！我就晓得，久走夜路会碰到鬼呢！"

"莫要叨叨了！"那人一边说着，一边向"白宫"后门跑去。

那个人也跟着那人出了"白宫"，朝刮着无形冷风的荒野逃跑。

这时，叶福成对着天空，适时开了两枪。

两人一听枪声，更是不要命地朝前狂奔。叶福成和李勇的枪声再次响起。

那人朝后胡乱地开了两枪，继续奔逃。跑了不到三百米，他们的脚步就变慢了，又踉跄着跑了几步，身影就开始发飘。快到叶尔羌河边的时候，那人嘴里"哇"地喷出一股黄黄绿绿的东西，然后人像要飞起来，但最终却一头栽倒下去，啃了一嘴自己喷出的秽物和泥沙，不动弹了。

那个人没有回头看他一眼，跑到河边后，一看过不了河，又沿着河岸跑了有一百多米，眼前一黑，手里的枪先飞了出去，在一块卵石上碰出几星火花后，枪口朝后，落在地上；几乎同时，他也一个扑趴，扑倒在了坚硬、冰凉的乱石堆上。

叶福成和李勇从汽车后面走出来，不慌不忙地朝两人走去，把枪捡了，然后反绑了他们的双手。

由于缺氧，两个人脸色发紫，仍然昏迷未醒。叶福成只好让李勇守着他们。他对李勇说："等他们苏醒后，得让他们自己走到兵站去。"

红柳滩的空气一下松弛了。

那人苏醒后，抬头望了望天空，寒意让他感到冷，他的上下牙床磕碰着，发出的声音令他厌烦。那个人不久也醒了过来，用满含怨气的目光死死盯着他，哀叹道："完了！"

那人说："早晚会有这一天。"

那个人问了一句："今天是几号？"

"十七号，九八年……十月十七日，你……你他妈的这都不知道了？"

那个人哭了："老子才二十七岁，再过五天就是我的生日。可等着我的，只有死期了。可我不想死啊！"

那人沉默了半晌，突然满含悲愤地咒骂道："没想到狗日的高原，这么凶险！"

寒冷和饥饿逼迫两人爬起，一前一后，步履蹒跚地往兵站走来，走进了叶福成为他们准备好的、临时关押的房间里。

次日一大早，叶城警车的警报声打破了红柳滩的宁静，所有人都醒了，长舒了一口气，然后站在高原寒意萧萧的清晨里，袖着手，缩着脖子，眼看着两人被押上警车。

黄毛金牙和三个女人也站在天堂酒吧门口看热闹。

一个警察微笑着朝黄毛金牙招了招手。他一见，迈开长腿，朝警察走去。

"听叶站长说，抓捕这两个人，你出力了。"

黄毛金牙咧嘴一笑，金牙一闪，谦虚地说："莫啥。"

"虽然你在这件事上有功，但你还得跟我们走一趟。"

那个警察说这句话时，另两个警察已站到了黄毛金牙身后。

"你知道你的所作所为，你要明白，即使是这里，也没有法外之地。"

黄毛金牙有些意外，但他没有反抗，顺从地伸出了手，让警察给他戴上了手铐。

巴娜玛柯

一

　　我们清晨六点钟从团新兵营出发时，才有一层薄薄的天光，虽然已是四月，但高原上的空气里还飘浮着一股寒冷的味道。从上车后，就没有一个人说话。好像这军车拉的不是新兵，而是一堆冰冷的石头。

　　军车在雪原上蠕动着，像一只深秋的蚂蚱。高原上的风和飞扬起来的积雪已经把车身上的泥尘打扫干净。十分醒目的草绿色车身像一小片春天，颠簸着，缓慢地移动着。

　　绿洲上早已是春意盎然。可这高原，除了冰峰雪岭，就是冰湖冰河冰达坂。好像我们穿过这个无边的冰雪世界，要去的不是边防连，而是北极的某个地方。

新兵分配完毕，当我听说自己分在了克克吐鲁克边防连，便问新兵连连长，这个地名是什么意思。听到我问这个问题，他觉得很奇怪，他看了我好久——好像我不是穿着军装的军人，而是一只耍把戏的猴子，淡然地说，克克吐鲁克就是克克吐鲁克，谁知道这个鬼地名是什么鸟意思。

　　我想，它肯定不是一个鬼地名。我看了一眼坐在对面，随时都有可能被颠散身子骨的班长，忍不住想问问他。他在这高原已待了十多年，一定知道的。但看看他那张黑得爆皮的脸，我又忍住了，倒不是怕他，而是怕他把这个念着如清泉过幽涧般悦耳动听的名字，解释得和他一样粗俗不堪。我宁愿凭着自己的想象去解释它。

　　"克克吐鲁克……"我在心中默念着这个地名。我觉得它新鲜，耐读，音节感很强，有宽阔、无边的想象空间，能给人安慰。我想它的意思要么是飞翔着雄鹰的地方，或是有河流奔流不息的地方，再不就是萦绕着牧歌的牧场，或者是塔吉克族的祖先修筑的神秘古堡……

　　自从军车开始翻越海拔 5000 多米的奇切克力克达坂开始，我的头就开始痛起来，就像是谁用锥子在脑子里使劲扎似的。这时，班长破天荒地开腔了，他说，你们都给我听着，虽然你们还是些嘴上没毛的新兵蛋子，但出了新兵营，就他娘的是个军人了，从这个时候开始，你们都要给我撑出个男人样子来。大家听了班长的话，都忍受着高山反应的折磨，谁也不愿意成为第一个狼狈之徒。但没过多久，就有两个家伙没忍住，趴在后厢板上，像孕妇一样哇哇地呕吐了。最后，除了班长，每个人都未能幸免。

　　我们在新兵营用半年时间训练出来的强健体魄，突然之间变得像玉一样脆弱。大家吐空了早上吃的馒头、稀饭和咸菜，吐掉了在路上吃的压缩饼干、红烧肉罐头，最后，吐掉了胃液和胆汁，只差没把五脏六腑都吐出来了。大家半躺在车厢里，连坐起来的力气都没有了。

塔什库尔干河两岸的雪要薄一些，河流中间的冰已经融化，可以看到一线深蓝色的河水。偶尔可以看到一个塔吉克老乡赶着在长冬中煎熬得枯瘦的羊群，在河边放牧。

就在我们非常难受的时候，突然听到了一阵动听的歌声——

雄鹰飞在高高的天上，
我心爱的人儿他在何方？
我骑着马儿把他寻找，
找遍了高原所有的牧场……

这是一个女孩子的歌声，那歌声是突然响起的，就在不远的地方。她是用汉语唱的，这样的地方竟有汉族姑娘，我感到十分惊奇。大家都坐起来，高山反应好像一下轻了许多，但行进的汽车很快就把那歌声抛远了。我想，克克吐鲁克，它的意思可能就是情歌响起的地方……

不知道又走了多久，军车"嘎"地刹住了。

"下车！"刺耳的刹车声刚刚响过，班长就站起来，大声喊叫道。

汽车篷布被掀开，白花花的、混了雪光的阳光"哗"地扑进来，把大家推得直往后倒。班长已飞身跳进了白光里。有一个瞬间，他被那光淹没了，只剩下了一个影子。

太阳已经偏西，但雪地上的阳光依然很厚，厚得可以没过脚踝。我们从车上跳下来的时候，感觉像跳在棉花上一样松软。我感觉自己的脑子迟钝，像坨榆木疙瘩，身子发飘，怎么也站不稳。

班长铁桩样立在雪地里，招呼我们列队。

几个老兵和一群马在那里等着我们。他们在冰雪中如一组群雕。背景是肃穆的喀喇秋库尔雪山和凝固了的喀喇秋库尔冰河。士兵、军马、雪山、冰河和蓝天、白云构成了一幅深沉而又寂寥的图景。

列完队后，班长给每人扔了一块压缩干粮、一盒雪梨罐头，说："从现在起，我要看着你们这些娘们儿一样的新兵蛋子，五分钟把这些东西吃完，然后继续出发！"

大家看着吃食，马上就想呕吐。没有一个人动。

"听着，要他妈的活命，就得吃，这是命令！现在，只有四分钟了！"

大家打开了罐头，和着压缩干粮，往嘴里填。但有人吃下去后，马上又呕吐起来。班长不管，要我们吐了再吃，直到吃得不吐为止。

由于大雪仍然封山，前面四十多公里简易公路军车已不能前行。我们需要在这里换乘军马，才能到达我们要去的地方。

二

大家把压缩干粮和雪梨罐头填进肚子，跨上了军马。虽然在漫漫长冬中苦熬的军马都很瘦，并不是想象中的那么雄健、骏逸，但大家是第一次骑马，都有些激动。

分给我的是一匹白马。它是那些马中最瘦的，瘦得只有一副骨架，当风敲打它骨头的时候，就能听到金属似的声响。这使我不忍心骑它，觉得会随时把它压趴下去。我打量着它，倒想扛着它走。

　　雪光映照着雪原，犹如白昼，不时传来一声狼嗥。它凄厉的嗥叫使高原显得更加寒冷，我不由得把皮大衣往紧里裹了裹。

　　人马都喘着粗气，夜里听来像是高原在喘息。

　　这儿有那么多狼，那么，克克吐鲁克……它一定是个狼群出没的地方。想到这里，我不由得害怕地向四面的群山望了望。

　　到达克克吐鲁克已是夜里两点。边防连的营院镶嵌在一座冰峰下面。冰峰被雪光从黛蓝色的夜空中勾勒出来，边缘有些发蓝，如一柄寒光闪闪的利刃，旁边点缀着几颗闪亮的寒星和一钩冷月。

　　营房里亮着灯，战士们涌出来欢迎我们。这些被大雪围困了五个多月的官兵把我们拥进会议室后，就激动地鼓掌。他们一直在等着我们。我们这些陌生的面孔使他们感到自己与外界有了联系。他们用那因与世外隔绝太久而显得有些呆滞的目光盯着我们，一遍遍地打量，好像我们是花枝招展、风情万种的姑娘。

　　因为高山反应，我一夜未能入睡。新兵们大多没有睡好。我们的眼圈发黑，眼睛发红。

　　吃了早饭，连长把我叫去。他最多二十八九岁，但我惊奇地发现没有戴军帽的他，头已秃顶。他黑铁般的脸衬托着他的秃顶，异常白亮。他掩饰性地捋了捋不多的头发，点了支烟，深吸了一口，问道："说说看，你有什么特长？"

　　我想了想，摇了摇头。为了不让他失望，我答非所问地敷衍道："我喜欢马。"

"那好，从今天开始，你负责养马，连队的军马都交给你。"

"什么？"

"就这样吧，"连长用不容置疑的口气说，"记住，军马是我们无言的战友，你要像爱护自己一样爱护它们。"

我虽然不知道怎么爱护自己，但我只得答了一声："是！"

我就这样成了克克吐鲁克边防连的军马饲养员，成了帕米尔高原上的一个马倌。

临离开连部时，我忍不住停住了，回转身去。连长马上问："你还有事？"

"连长，能不能请问一下，克克吐鲁克，它是什么意思？"

"哈哈，这个……这个克克吐鲁克就是克克吐鲁克，它的意思，到时候你自然会知道的。"

我搬进了马厩旁的小房子里。老马倌带了我一段时间，我从他那里学会了铡马草、配马料、钉马掌、剪马鬃，冲马厩、套马等"专业知识"。

每当我赶着马群出去放牧的时候，我都在寻找着来时在路上对克克吐鲁克的想象，但我没有找到一点与想象相符的地方，连狼嗥声都很难听见。我认为，克克吐鲁克……这个不毛之地，可能就是死亡之地的意思，千百年来，它靠这个好听的名字掩盖着它的荒凉和可怕。

想到这里，我更加迫切地想知道它的意思了。我拽住了一个志愿兵，问他："老兵，你说说看，克克吐鲁克是不是死亡之地的意思啊？"

他严肃地摇摇头，说："我们只把它当一个地名，管它的意思干什么！"

我又问别人，他们都不知道。别的新兵去问，答案也差不多。

三

五月缓缓地来了，春天已被省略，阳光似乎是一夜间变得暖和起来的。我赶着马群走到雪峰下时，听到了大地在阳光里解冻时发出的巨大声响。

冰消雪融。不久，雪线便撤到了山腰上，营地前那片不大的草原上，萌出了浅浅的绿意。

我每天赶着马群，顺着喀喇秋库尔河放牧它们。

谁都注意到了，我从没把马群赶进营地前那块小小的草原。

没有了冰雪的衬托，营院便融进了那古老的、寸草不生的黑褐色山体里。那块绿色的草地便成了这里全部的美和生机。别的地方，都显得狰狞，它们虎视眈眈，似要把那美和生机吞没。

从偶尔传来的牧歌声中，我已知道塔吉克老乡正骑着马，赶着羊群和牦牛从河川游牧而来。

我看着马群安详地吃着草，任由风吹乱它们的长鬃。那匹皮包骨头的白马变化最快，它已经长上了膘，显露出了骏逸的风采。

我成了一个自由的牧马人，只是这种自由是由孤寂陪伴的。那时，我便唱歌，从小时学的儿歌开始唱，一直唱到最近学会的队列歌曲。那匹白马听到我的歌声，会常常抬起头来望我，像是在聆听着。有时，它会走到我的身边，停住，眨着宝石般的眼睛。不久后的一天上午，好像是受到了我歌声的召唤，我忽然听到了动人的歌声：

江格拉克草原的野花散发着芳香，
我心爱的人儿他在何方？
我骑着马儿四处寻找，
找遍了高原的每一座毡房。

喀喇秋库尔河怀着忧伤，
我来到了克克吐鲁克的山冈上，
我看到他骑着骏马，
像我心中的马塔尔汗一样。

还是那个女孩子的歌声，那歌声是突然响起的，就在不远的地方。她还是用汉语唱的。但那声音显然是高原孕育的，那么旷远、高拔、清亮，像这高原本身一样干净、辽阔。而那歌唱者呼出的每一缕气息都清晰可闻，使你能感觉到生命和爱那永恒的光亮。如果世世代代没有在这里生活，就不可能有那样的嗓音。

我像被一种古老的东西击中了，有一种晕眩，有一种沉醉。

歌声停止了，余音还在雪山之间萦绕。天上的雄鹰一动不动，悬浮在雪山上；两只盘羊依偎着站在苍黑的巉岩上面，好像在庆幸它们中的一个没有远离。它们和我一样，沉醉在她的歌声里。

我循着声音，用目光搜寻那唱歌的人。但她好像在躲着我。我向她的歌声靠近一点，她就会离我远一点。我只能听见她的歌声，却看不见她在什么地方。

四

接连好几天，我都听到她在唱这首歌。

最后，我都把这首歌学会了，才看到了她。正如我料想的那样，她是一个塔吉克姑娘。

我看到她的那天，她站在高冈后面一个小小的山冈上，冈顶一侧有几朵残雪，四周是高耸的冰峰，脚下是一小群散落的羊群。她头上包着红色的头巾，身上穿着红色的长裙，骑在一匹枣红马上，看起来，像一簇正在燃烧的火焰。她像是早就看到了我。我看她时，她朝我很响地甩了一下马鞭。然后，马儿载着她，一颠一颠地下了山冈，我再也看不见她了。

我感到一种与高原一样古老的忧郁，突然弥漫在了这晴朗、空阔的天地里。

那天，她再也没有出现过，她像是被那个山冈藏起来了。

第二天，我也没有看见她，只远远地听见了她的歌声。

第三天，我看见那个山冈侧面的残雪已经化掉了，我忍不住赶着马群向下游走去。

第四天，我看见她仍骑在那匹马上，风把她的裙裾和头巾拂起，向我所在的方向飘扬着。

我的心安静了，觉得受了抚慰一般，我坐在河边，看着哗哗东流的钢蓝色的河水发呆。

我不知道白马是多久离开我的，也不知它多久把姑娘那匹枣红马引了过来。它鞍辔齐备，只是没了那个有云雀般动人歌喉的骑手。

白马朝我得意地"咻咻"嘶鸣一声，像在炫耀它的魅力。

而我不知该不该把她的马给她送回去。

红马紧随白马，悠闲地吃着草，像是已经相识了很多年。

一会儿，她的身影出现了，她骑在另一匹光背的黑马上。在离我十几步远的地方，她跳下了马。黑马转身"嘚嘚"跑回马群。她微笑着，朝我走来。我看见了她帽子上的花很好看——那一定是她自己绣的，那些花儿正在开放，好像可以闻到花香；看到她背后金黄色的发辫上缀满了亮闪闪的银饰，一直拖到她凹陷的腰肢下；她的臀部那么紧凑，微微翘着；她的双腿修长，脚步轻盈；随着风和脚步飘动的裙子，使她看上去像会飘然飞去。我突然想，她要是能飞离这里，飞离克克吐鲁克这个苦寒之地，飞到云朵外的仙界之中，我定会满心欢喜。

她走近了，我看清了她红黑的脸蛋，蓝色的眼睛，薄薄的嘴唇。她看看我，又看看那两匹马，然后害羞地径直向那匹白马走去。

但我仍然蹲在河边，一只手仍然浸在河水里。我都忘记站起来了。

我担心白马认生，会伤了她，才猛地站了起来。而她已在抚摸白马优美的脖颈，白马则温顺地舔着她有巴旦姆花纹的毡靴，好像早已和她相识。

我在军裤上擦干了湿漉漉的、冰凉的右手，走过去，看见她的脸正贴在白马脸上。

那个时刻，高原显得格外安静，只能听见风从高处掠过的声音，一只不知名的鸟儿从一棵芨芨草后面突然飞起，箭一样射向碧蓝的天空，把一声短促的鸣叫拉得很长。

我垂手立在她的身后。

好久，她如同刚从梦中醒来，看见我，羞涩地低下了头。

"这真是一匹好马。"她说。她的汉语有些生硬，但格外悦耳。

我点点头。

"它叫什么名字啊？"

"它没有名字，它是军马，只有编号，看，就烙在它的屁股上，81号。"

她好奇地转过头，看了看缎子一样光滑的马屁股，"哦，真的烙了一个编号，不过，这么好的马，应该有个名字。"她已不像原先那么羞涩了，嫣然一笑，露出雪白的牙齿，问有些腼腆的我，"那，你是军人，不会只有编号没有名字吧？"

我忍不住笑了，"当然，我叫卢一萍。"

"卢、一、萍。"她像要把这个名字铭刻在记忆深处，把每个字都使劲重复了一遍。

"你是克克吐鲁克边防连的？"

"是的，我是今年刚来的。"

"我叫古兰丹姆。"

"我没想到你会用汉语唱歌。"

"我在县城读过书，前年，也就是我该读高二的时候，我爸爸得了重病，就辍学回来放羊了，不然，我今年都该考大学了。"说到这里，她很难过，"爸爸到喀什去看了好几次病，用了很多钱，但还是没有好转。你看，为了给他治病，我们家的羊卖得只剩下这么一点了。"

我看了一眼她家那剩下的三十来只羊，安慰她说："你爸爸的病很快就会好的，等他的病好了，你还可以继续去上学。"

"我很想上学，但我今年都十八岁了。"她伤心地说。

五

老马倌年底就要复员了，他常常到营地前那片小小的草原上去，一坐就是半天。正是因为大家和我一样喜欢那片草原，所以我从没让马群到那里去吃过草，一个夏天下来，那片草原一直绿着。牧草虽然长不高，但已有厚厚的一层，像一床丝绒地毯。我一直希望那块草地能开满鲜花，但转眼高原的夏天就要过去了，连阳光灿烂的白天也有了寒意，所以，我也就不指望了。

有一天下午，老马倌让我陪他到草原上去坐坐，我默默地答应了。

他用报纸一边卷着莫合烟，一边说："我看你最近一段时间像丢了魂儿似的，回到连里也很少说话，你是不是有什么心事啊？"

我连忙掩饰，"班长，没有，啥事也没有！"

"没有就好，你一定要好好干，干好了，说不定也能像我一样，捞个志愿兵干干。"

"我一定会好好干的，你放心！"

"我相信你能干好。"他说完，把卷好的莫合烟递给我。

我说："你知道，我不会抽烟。"

"抽一支没事的，你出去牧马，有时候好几天一个人在外面，要学会抽烟，抽烟可以解闷。你就学学吧，抽了，我就告诉你克克吐鲁克的意思。"

我一听，赶紧接过烟，说："班长，你快告诉我吧。"

他把烟给我点上，自己也慢条斯理地卷好一支，点上，悠悠地吸了一口，把烟吐在夕阳里，看着烟慢慢消散，望了一眼被晚晖映照得绯红的雪山，叹息了一声，嘴唇变得颤抖起来，他又深深地吸了一口，然后终于用颤抖的声音说："我问过好几个塔吉克老乡，他们都说，克克吐鲁克……从塔吉克语翻译过来的意思就是，开满……鲜花的地方……"

"开满鲜花的地方？"

"是的，开满……鲜花……的地方……"他说完，把头埋在膝盖上，突然抽泣起来。

知道了克克吐鲁克这个地名的意思，我突然觉得这个地方变得更加偏远、孤寂了。我认为那些塔吉克老乡肯定理解错了，即使是对的，那么，这个地方属于瓦罕走廊，在瓦罕语中，它是什么意思呢？这里还挨克什米尔近，那么，它在乌尔都语中又是什么意思呢？说不定它是一个遗落在这里的古突厥语单词，或一个早已消亡的部落的语言，可能就是"鬼地方"的意思。

因为在驻帕米尔高原的这个边防团，谁都知道，这里海拔最高，氧气含量最低，自然条件最恶劣，大家一直把它叫作"一号监狱"。

"开满鲜花的地方，这简直就是一个反讽！"我在心里说。

我决定去问问她。这里一直是她家的夏牧场，她一定知道克克吐鲁克是什么意思。

没有想到，她的回答和那些塔吉克老乡的回答是一样的。

"可是，这个边防连设在这里已经五十多年了，连里的官兵连一朵花的影子也没有看见。"

"那么高的地方，是不会有花开，但克克吐鲁克，就是那个意思。那里的花，就开在这个名字里。"

六

从那以后，我就好久没有见到她。我曾翻过明铁盖达坂，沿着喀喇秋库尔河去寻找她。我一直走到了喀喇秋库尔河和塔什库尔干河交汇的地方，也没有看到她的影子。她和她的羊群都像梦一样消失了，我最后都怀疑自己是否真的遇到过她。

有一天，终于又传来了她的歌声，我第一次听到她的歌声有些伤感：

> 珍珠离海就会失去光芒，
> 百灵关进笼子仍为玫瑰歌唱；
> 痴心的人儿纵使身陷炼狱啊，
> 燃烧的心儿仍献给对方……

我骑马跑过去，刚把白马勒住，就问她："呵，古兰丹姆，这么久你都到哪里去啦？"

"有一些事情，我爸爸叫我回了一趟冬窝子。"我觉得她心事重重的，正想问她，她已转了话题，她高兴地接着说，"我去给你的白马寻找名字去了，在江格拉克，我给你的白马找到了一个很好听的名字。"

我知道江格拉克离这里有好几个马站的路程，我想到她离开这里，原来是做这件事去了，放心了许多，我说，"那么，古兰丹姆，你快些告诉我，你为它找到了什么好名字？"

"兴干。"

"兴干？它是什么意思呢？"

"这名字来源于我们塔吉克人的一个传说。说是很久以前，这里有一位国王的女儿，名叫莱丽。她非常漂亮，鹰见了她常常忘了飞翔，雪豹见了她也记不起奔跑；所有的小伙子都跟在她身后把情歌唱，不远万里来求婚的人更是没有断过，但她只爱牧马人马塔尔汗。不幸的是，他的国王父亲根本看不起他。

　　"马塔尔汗的马群中有匹叫兴干的神马，洁白得像雪一样。国王想得到那匹神马，但神马只听马塔尔汗的话，国王想尽了办法也抓不住它。没有办法，国王答应只要马塔尔汗把神马给他，他就把莱丽嫁给她。马塔尔汗信以为真，把神马给了国王。国王得到神马后，却把马塔尔汗抓了起来，关进了牢房。

　　"神马知道后，挣脱装饰着宝石的马缰，摧毁了国王的监狱，救出了自己的主人，然后又与国王请来的巫师搏斗，把巫师和国王压在了江格拉克的一座山下，而神马也被巫师的咒语定在了那座山的石壁上。

　　"马塔尔汗获救后，带着莱丽往北逃去，最后在幽静的克克吐鲁克安居下来，过上了恩爱幸福的生活。他们死后，马塔尔汗化作了慕士塔格雪峰，莱丽化作了喀拉库勒湖，他们至今还相依相伴，没有分离。而那匹白马至今还在江格拉克东边的半山上。远远看去，它与你的白马一模一样。"

　　"这传说真美，这白马的名字也非常美。"我说完，就叫了一声"兴干"，它好像知道自己就该叫这个名字，抬起头，前蹄腾空，欢快地嘶鸣了一声。

　　古兰丹姆很高兴，她走到白马身边，用手梳理着它飞扬的鬃毛，好久，才说："我很喜欢这匹白马，我可以骑骑它吗？"

　　"当然可以，它自从来到克克吐鲁克，还没有驮载过女骑手呢。"我爽快地答应了，"不过，我得给它装上马鞍。"

"不用的！"她高兴地跨上了白马的光背，抓着白马的长鬃，一磕毡靴，白马和她如一道红白相间的闪电，转瞬不见了。

过了好久，她才骑着白马返回来，在白马踏起的雪末里激动地跳下马，说："兴干真像那匹神马。"她说这话的时候，我看见她的双眸中闪烁着泪光。

七

营房前那块草原已变得金黄，那里依旧没有花开。

有一天早饭后，我正要把马从马厩里赶出来，老马倌突然从外面冲进来，激动地说："草原上……草原上的花开了，快……你……快跟我去看看！"他的声音都沙哑了。

我想他肯定是想那草原开满鲜花想疯了，我说："那里草都枯黄了，怎么会有花开呢？"

但他拉着我，硬把我拽到了草原上。我果然看见有一团跳跃的红色！

我简直不敢相信自己的眼睛，我屏住了呼吸，疯了般扑过去，我发现那是用一方头巾扎成的花朵。

——那是古兰丹姆的头巾！

我哽咽着说："这是……这里开放的唯一的花朵……"

老马倌早已泪流满面，"真不知道……这花……该叫什么名字。"

"古兰丹姆，古兰丹姆……这朵花的名字叫古兰丹姆……"我喃喃地说。

这朵用头巾扎的花一定是她今天一大早放在这里的。我把马赶到河谷里，就赶紧去找她。

在明铁盖达坂下，我看到她一个人信马由缰，正沿着喀喇秋库尔河谷往回走，我看见她长辫上的银饰闪闪发光。她好像没有听见白马那急促的马蹄声，也没有回头。我赶上去，和她并驾齐驱时，她才转过头来，对我微微笑了笑。

"古兰丹姆，那朵花真好看。"

"但那里只有一朵花。"

"一朵花就够了，我相信，即使是冬天，那朵花也不会凋谢。"

"但就是那样的花，有一天也会枯萎的。"她有些忧郁地说，然后，转过头来，问我，"你喜欢克克吐鲁克吗？"

"还说不上喜欢，也许待久了就会喜欢一点。"

"等你喜欢上了那个地方，那里就会一年四季开满鲜花。但那些花儿是开在心里的。"

"那么，克克吐鲁克应该是一个属于内心的名字。"

"是的。只有开在心里的花儿，才永远都不会凋零。"她的眼睛有些潮湿，"你知道吗？我的名字是从我们的一首歌里来的，你想听吗？"

"当然想。"

"那我就唱给你听，冬天就要来了，我们不久就要搬到冬窝子里去，这可能是我最后一次给你唱歌了。"她说完，就唱了起来——

> 古兰丹姆要出嫁了，
> 马儿要送她到远方；
> 克克吐鲁克的小伙子啊，
> 望着她的背影把心伤……

她唱完这首歌，像赌气似的，使劲抽了一鞭胯下的红马，顺着河谷，一阵风似的跑远了。

八

从那以后，我更想见到她。但整个喀喇秋库尔河谷空荡荡的，只有越来越寒冷的风在河谷里游荡。

冬天就在四周潜伏着，这里一旦封山，我要到明年开山的时候才能见到她了，想到这里，我觉得十分难受，忍不住骑着白马，游牧着马群，向喀喇秋库尔河的下游走去。我又一次来到了喀喇秋库尔河和塔什库尔干河交汇的地方，但我连她的影子也没有看见，我在那一带徘徊。我常常骑着我的白马，爬到附近一座山上去，向四方眺望。但我只看到了四合的重重雪山，只看到了慕士塔格峰烟云缭绕的身影，只看到了塔什库尔干河两岸金色的草原，只看到了散落在草原上的、不知是谁家的白色毡帐和一朵一朵暗褐色的羊群。

那些天，我感觉自己像个穿着军装的野人。饿了，就拾点柴火，用随身携带的小高压锅煮点方便面、热点军用罐头吃；渴了，就喝喀喇秋库尔河的河水；困了，就钻进睡袋里睡一觉。我把马绊着，让它们在这一带吃草，准备在这里等她。虽然我作为军马饲养员，可以在荒野中过夜，但我是第一次在外面待这么久。

玻璃似的河水已经变瘦了，河里已结了冰。雪线已逼近河谷，高原的每个角落都做好了迎接第一场新雪的准备。

头天晚上我冻得没有睡着，我捡来被夏季的河水冲到河岸上的枯枝，烧了一堆火，偎着火堆，待了一夜，直到天快亮的时候，我才迷迷糊糊地睡着了。我梦见一朵白云承载着古兰丹姆和她的羊群，飘到了我的梦里。我高兴得醒了过来。没有太阳，蓝色的天空已变成了铅灰色。我像一头冬眠的熊，从睡袋里爬出来。我先望了望天空，看了看那些快速漂浮的云。我在云上没有看见她。我想，我该归队了。但我不死心，我涉过了塔什库尔干河，骑马来到了靠近中巴公路的荒原上，再往前走，就是达布达尔了。马路上已看不到车辆，只有络绎不绝的从夏牧场迁往冬牧场的牧人。他们把五颜六色的家和家里的一切驮在骆驼背上，男人骑着马，带着骑着牦牛怀抱小孩的女人和骑着毛驴、抱着羊羔的老人，赶着肥硕的羊群，缓慢地行进着，像一支奇怪的大军。

我骑马站在公路边的土坎上，看着一家一家人从我脚下经过。眼看太阳就要偏西了，我还没有看见她，正在失望的时候，我胯下的白马突然嘶鸣了一声，然后，我听到了远处另一匹马的嘶鸣，我循声望去，看见她和她的羊群像一个新梦一样，重新出现了，我高兴得勒转马头，向她飞奔而去。

她看见我，连忙勒住马等我。我一跑拢，她就问我："冬天已经来了，你还跑到这里来干什么？"

"我想……"

我突然有些害羞，正想着该怎么回答她的时候，一匹马向我们跑了过来，马鞍两边各有一条细瘦的腿，由于马是昂头奔跑的，我没有看见那人的身子。待马跑到了我的跟前，马被勒住，马头垂下去啃草时，我才看见了那人短粗的上半身。他的脸也是又短又瘦的，一副尖锐的鹰钩鼻几乎占去了半个脸的面积。他在马背上不吭气，只是死死地盯着古兰丹姆。

古兰丹姆指着他，对我说："这是我的丈夫，我上一次离开你不久就和他成亲了。他们家的羊多，我们需要用羊换钱给我爸爸治病。"

我这才注意到,她的穿着已经变了,她的辫梢饰有丝穗,脖子上戴着用珍珠和银子做成的项链,胸前佩戴着叫作"阿勒卡"的圆形大银饰,库勒塔帽子上装饰装饰着珍珠和玛瑙。这是一个当地已婚女人的装束。我像个傻子,什么话也说不出来。

"天就要下大雪了,你赶快赶着马回连队去吧,这里离连队要走好久呢。"

她说完,想对我笑一笑,但她没有笑出来。她转身去追赶羊群去了。那的确是很大一群羊,至少有三百只。

九

大雪已使克克吐鲁克与世隔绝。有一天,我正吹着鹰笛,连长过来了。连长说,走吧,大家正讲故事呢,你也进去讲一个。

我讲了古兰丹姆讲给我的关于神马的传说。

有几个老兵听后,"哧"地笑了。连长说:"你小子瞎编呢。"

我说:"我是亲自听一个塔吉克老乡讲的。"

"你肯定在瞎编,那个传说根本不是你说的那样。"连长说完,就讲述起来,"我告诉你,正版的传说是这样的,说是很久以前,塔什库尔干地面上本没有这么多雪山,到处都是鲜花盛开的草原。圣徒阿里就住在草原上。他有一匹心爱的白马,那是他的坐骑。平日白马在草地上吃草,悠闲地奔跑。不料心怀妒意的魔鬼设下毒计,使白马在阿库达姆草原误吃毒草,昏昏睡去,未能按时返回,结果误了阿里的大事。阿里很生气,变了好多座大山,压在草原上,并将白马化作白石,置于一座山的山腰,以示惩诫,并将魔鬼藏身的阿库达姆草原化成了不毛之地,然后愤然离去。从此，这里一改原貌，成了苦寒的山区。这才是兴干神马的传说，这里的乡亲一直都是这么讲述的，《塔吉克民间故事集》里也有这个故事，连队的阅览室就有，不信你去看看。"

我听后，愣了半晌，好久，我转身冲出连队俱乐部，冲进马厩，抱着白马的脖颈，失声痛哭起来。

哈巴克达坂

一

春节跃过千仞冰山，万仞雪峰，一步跨到了天堂湾的大门前。随之而来的，是一个电报通知，要凌五斗在旧年与新年交接之际，通过中央人民广播电台，代表边防官兵，用电话给全国各族人民拜年。要说的话上头早已拟好了，并用电报一并发给了连队。

为了保证通信线路畅通，第七通信总站沿途各机务站已按上级的要求，踏着能把人掩埋的积雪，冒着巨大的危险，对通往天堂湾的线路进行了检修。非常不幸的是，一个通信小分队计五人在天堂雪峰下遭遇雪崩，全部被埋。他们的遗体要等到来年开山之后，才有可能找到。所以他们现在只有在冰雪里安眠。

这么重大的任务之所以交给凌五斗，是因为他是新树立起来的先进典型。很多战士都说，那五个战士的牺牲就是为了保证凌五斗在春节晚上和电台通话。那份不足百字的讲话稿指导员已让他演练了好几次，每次都很成功。

但不知为什么，自从他得知那五个战士牺牲，他再去演练的时候，就变得紧张起来，一说起话来就磕磕巴巴的。指导员急得直跳，但他就是做不好。因为之前的演练都非常成功，以至指导员认为凌五斗是在故意和他过不去，气得把他狠狠地批评了一顿，让他深刻检讨。

说到底，凌五斗是因为心里难过。但他知道这样的理由没有用。所以，他找出来的，觉得应该给指导员检讨的缺点是他"自从成为先进典型就变得骄傲自满，自高自大，不谦虚谨慎，高高在上，已没有把自己当作普通一兵"这样的话。

指导员认为他检讨得还算深刻，以为他没什么问题了。但当他把用作模拟的话筒往嘴边一拿，竟然一句话也想不起来。

"怎么回事？凌五斗！"指导员对他咆哮道。

凌五斗"哇"的一声哭了。

指导员一见，愣住了，连忙放缓语气，说道："没关系，没关系，你会做好的，会做得和开头一样好的。你说说，你心里是不是有什么事？"

凌五斗哭得更伤心了，"他们……他们……我太对不起他们了……"

"谁？"

"……机务站……那些……牺牲的战友……"

"哦，原来是因为这个事啊，毛主席不是说过'为有牺牲多壮志'吗？他们是在执行任务时牺牲的，所以他们生得伟大，死得光荣。"

"可是……他们是……是为了保证我……我能跟电台通话，才……才牺牲的……"

"就是啊，这有什么呢！这是他们应该完成的任务啊！"

凌五斗听完，点了点头，又用力地摇了摇头，说："指导员，我通不了这个话了。"

"为什么？"没等凌五斗回答，指导员冒着怒火，大声吼叫道，"你通不了也得通！你现在就给我练着！这是命令！我郑重地告诉你，这是个政治问题！它事关连队、事关全团、事关防区、事关军区的荣誉，也关系到你的前途！你不要以为你是个先进典型有什么了不起，我天堂湾边防连，随便哪个战士拎出来，也不会比你差！"

凌五斗像一棵被冰雪冻了好久，然后又被烈日暴晒了好几天的向日葵，耷拉着头，没有一点精气神。他坚持说："指导员，我练不了，更说不了！"

"为什么？你他妈的为什么？"

"我怕我一说那些话就会哭。而您说了，这话是直播的，我这里一哭，全国人民就听见了，您还说了，这新年大节的，要喜庆……"

"可你他妈的就不能笑吗？"

"我想笑，可我笑不出来！"

二

连队的禁闭室在连队修建时就有了。它是连队强力的象征，也是荣誉的反面，是为一些调皮捣蛋、违规犯纪的士兵专设的。

但这地方用的时候毕竟少，有时一两年也用不到一回。所以平时就成了杂物间，堆些铁锨扫把之类的。它在连部西面的转角处，像连部的一个赘生物。它只有一孔一尺见方的窗户，一道裹了白铁皮的门，代表着军法的冷酷无情。门只是很随意地扣着，打开门，迎面扑来一股灰尘和寒冷的味道。

凌五斗被关进去后，外面的门就被锁上了，也没有派人看守他。禁闭室的一角码着三捆马草。他喜欢马草的气味——那种气味把房间充满了。而门窗、墙壁、地板都结了一层毛茸茸的薄冰。这其实就是一个冰窖。凌五斗把自己的被褥在床上铺好。

禁闭室和所有监舍一样，有它自己的昏暗度。里面的确太冷了。凌五斗哆嗦着，上牙床磕着下牙床。寒冷很快就渗进了他的骨髓里，他觉得自己的骨髓都结冰了，觉得自己肚子里的屎尿都冻成了一大坨砸不烂的冰疙瘩。为了御寒，他只能在里面转着圈儿跑步。

他走近禁闭室，听到里面传来断断续续的"噗嗒噗嗒"的跑步声，又放心了些："妈的，这个家伙还活着！"他一脚踹开门，看见凌五斗还在里面跑动着。由于这样昼夜不停地运动，他的身体已经很虚弱，但精神还没有垮塌——准确地说，他依靠自己强大的精神力量支撑住了自己的生命。

"凌五斗！"指导员看他好好的，暗自惊奇。不知怎么搞的，他显得异常激动，他看了看墙上结满的冰霜，看了一眼铁床上薄薄的被褥，看了一眼已被冰霜封死的小小的窗户，又看了一眼因为凌五斗不停地跑动而变得黑亮的水泥地板，一把把他搂过来，紧紧地抱在怀里，像拥抱已三生三世没有谋面的兄弟。他的泪水"哗哗"地涌了出来。

虽然被指导员拥抱着，凌五斗的脚还在不由自主地、机械地小跑着。他感到指导员在哭，感到有两滴温热的泪水滴落在自己冰冻的后颈窝里，他从指导员充满男人气息的怀抱里挣脱出来，关切地问道："指导员，您怎么啦？"

"没事，没事……我是高兴！走吧，我们离开这里。"

"指导员，我现在还禁闭着，我的禁闭期还没有结束。"

"已经结束了。"指导员来不及擦掉脸上的泪水，把自己并不厚实的脊背转过来，"来，我背你回宿舍去。"他显得有点过于殷勤。

凌五斗依然小跑着——显然，为了御寒保命，他已这样不停地小跑了三天三夜，他一时停不下来了。"我怎么能让指导员背我呢？我又没有受伤，何况，我还是个犯了错误的战士。我自己可以回连部去。"凌五斗说着，开始小跑着往外走。但他刚跑到门口，像是承受不了禁闭室外寒风的吹拂，眼前一黑，身子一歪，"喔"的一声倒在地上，昏了过去。

指导员把手在他鼻子跟前轻轻地拂动了两下，感到他鼻子里还有冷风在出入，放心了一些。刚才的一番动作使指导员有些缺氧反应。他想呕吐。他依靠在禁闭室的门上，朝连部盲目地喊了一声："嗨，那个谁，过来一下！"

这种时候，通信员的耳朵总是最灵敏的。遥闻指导员的声音，他兔子似的跑过来。"指导员，有什么事？"

指导员指了指脚边的凌五斗："再去叫一个人来，把这家伙赶紧抬到宿舍去。"

"是！"通信员转身找人去了。

指导员舒了一口气，看了一眼躺在地上的凌五斗，叹息了一声，用手背擦了擦眼睛，然后又擦了擦额头上的虚汗，踉跄着往连部走去。

他刚走到火墙旁边，通信员和二班长已经抬着凌五斗进来了。他像一坨冰，身上散发出来的寒气使被火墙烤得暖乎乎的宿舍寒意凛冽。

"用被子把他焐上。"指导员对着火墙说。

通信员把被子抖开，给他盖上。他虽然昏迷了过去，虽然躺在了床上，但他的双脚还在不停地、机械地划动着。这让指导员放心，但也让他心烦。他对二班长说："把他的腿给我按住，像他妈的在弹命。"

二班长上去把凌五斗的两条腿按住了。

"通信员，让炊事班赶紧给他弄一碗面条，放一个红烧肉罐头进去。"指导员依然对着火墙说。

接着，指导员喊了一声："军医！"

军医从另一个房间跑了过来。

"你快看看这家伙有没有危险？"

军医给凌五斗把了脉，听了听他的心跳，说："啥事没有，血液流通正常，心脏跳动有力。"

"你好好看看，我说让这家伙蹲禁闭，他就真去了。连里没派人去看着，没派人送饭，里面没有炉子，为了不被冻死，他在那里面不停地小跑。他把自己在里面关了三天，我刚才才记起，你说天下哪有这样的傻蛋？"

军医又给凌五斗把了一次脉，又听了他的心跳，然后把他的眼皮翻开看了看，得出了与先前一样的结论。然后，他在凌五斗身边坐下来，一边掐他的人中，一边感叹道："我们常说，我们革命战士是特殊材料做成的，原来我认为这不过是个比喻而已，但从凌五斗这件事我知道，我们的队伍中的确是有这样的人的。"

"你说得极是。"指导员说。

正说着，凌五斗醒过来了。他先舒了一口气，然后睁开了眼睛。

通信员赶紧把他扶起来，让他坐着。

指导员还有些担心，问道："凌五斗，你感觉怎么样啊？"

"有些饿了。"

通信员赶紧把煮好的面条递给了他。

"好好吃面，多吃点。"

凌五斗把那个很大的洋瓷碗里的面条很快就倒进了他的肚子里，为了把最后一滴面汤咽进去，他仰起了头，那个洋瓷碗看上去像扣在了他的脸上。他那个贪吃的样子让人觉得他吃的红烧肉罐头面条是世上最美味的佳肴，引得大家都咽起了唾沫。

凌五斗说："指导员，这碗面条下肚，感觉啥问题也没有了。就是有些困，就是这双脚老想小跑。"他这样说着，下了床，眼看就要跑动起来。

指导员一看，心马上发起慌来。他用严厉的口气对他说："立正！"

凌五斗"啪"地站直。

"你禁闭也蹲了，面条也吃了，现在该告诉我，春节你代表我们边防军人向全国人民拜年问好的事，干不干吧？"

凌五斗坚决地摇了摇头。

指导员怔在那里，他的脸一下子变白了，很快又变紫了，他的嘴唇哆嗦了半天，气得一句话也说不出来。

三

指导员步履蹒跚地回到自己的办公室，整个人似乎都垮下来了，像一条被人打塌了腰的狗。他想找一个很小的地方蜷缩一会儿。他从办公桌前走开了。他连大衣也没有穿，就来到了室外的严寒里。可以摧枯拉朽的风尖啸着，正在把世界屋脊上的这个高原夯实。整个世界都被冰冻住了，他可以感觉到这种严寒像铅块一样沉。这种严寒在猛烈地、不停地撞击他。天依然蓝得透亮。啊，那些雪山！它们从高到低，次第绵延开去。像被定格了的白色惊涛。啊，这如此辽阔的白色海。他强烈地感受到了那永不可战胜的力量。他发现自己有七个月没有想起"树"这个名词，已有两年多没有看见落叶了。这个时候他竟然想到了树和落叶……他望了一眼天空中发白的日头，发现自己被刚才的抒情搞得忧郁了。他不知怎么来到了禁闭室，坐在了那张铁床上。他觉得自己是那么孤单。他想好好体会一下这种自虐的感觉，但他待了不到十分钟，就被寒冷驱赶得蹦跳着跑进了办公室。

"你怎么了？一副失魂落魄的样子？"连长问他。

"妈的，我真想一枪毙了他。"

"谁？谁能让你产生如此刻骨铭心的仇恨？"

"在这天堂湾，你说还有谁能把人气成这样？"

"凌五斗！我刚才已听说他的事了。你知道吗？我现在对他的感觉很复杂。他总能干出常人干不出的事情。但他不是刻意的，他干得很自然。"

"春节让他通过电台向全国人民问好，他开头答应了，把那些话都记死了，说得也很好。但后来就犯了神经病，死活不干了。"

"这是个大事，他不干就他妈的是个政治问题！你得跟他好好谈谈！"

"我他妈的跟他谈了，屁用没有，关了三天禁闭，还是屁用没有！"

"这还真他妈的是个大问题！"连长也感觉到了事情的严重性。

"他如果不干，我们怎么跟上头交代？谁想到会发生这样的事！"

"可再过三天就他妈的春节了！"连长用有些尖厉的嗓音喊叫起来。他拍了一下自己的头，无意中竟拍出了一个办法。他说："只有这样了，我们来吓唬他一下。"

"怎么吓唬？"指导员一下来了精神，但他马上又蔫了，"这家伙，哪能唬得住啊？你唬他，搞不好他还唬你呢。"

"你看你，灭自己威风，长别人志气！"

"这个家伙，你是知道的。"

"我们这样对他说，如果他不执行这个重大的政治任务，不通过电台向全国人民问好，就跟在战场违命不从是一个性质，就可以将他就地枪毙。"连长为自己这个精妙的想法颇为得意，"他再怎么着，也怕杀头吧？"

"可以一试。我们两人一起来跟他谈。"

"最好弄得像真的一样，准备一把枪，上几发空包弹。如果还说不听，就真把他拉出去，看他还敢不敢犯傻！"

"不过分吧？"指导员心里没底。

"又不是真毙他！"

"反正也无聊，就演场戏吧。"

连长把行刑用的手枪准备好了，上了五发演习用的空包弹。然后叫通信员把凌五斗叫过来。

连长和指导员很庄严地并排坐在同一张桌子后面，脸上挂着军事法庭法官的表情。凌五斗觉得这情形他有些熟悉。那盆面条让他吃得开心，他心满意足，从他的表情就能让人感觉到生活是如此美好。但看到这种阵势，特别是他看到连长的面前还放着一把手枪，他一下就把脸上的表情收敛起来了。他严肃、小心地给连长和指导员敬了个军礼。

连长用手拍了拍手枪，用颇为威严的声调说："坐！"

凌五斗看了看，发现了那个小马扎，小心翼翼地坐下了。坐在那里，仰望着两位连首长，他一下变得规矩起来。

凌五斗浑身还笼罩着被关禁闭后留下的深深倦意，禁闭室里的寒气还没有完全从他身体里消散。他的眼睛里布满了血丝，强烈的睡意已冲破他身体的防线正欲将他扑倒，因为他在内心强力压制着两条还想小跑的腿，致使它们不停地颤动着。指导员有些不忍心了。连长感觉到后，用眼神示意他不要有妇人之仁。

"凌五斗，你知道你犯了什么错误吗？"连长像古戏里断案的县太爷，突然一声断喝。

凌五斗一下坐直了，不知道该怎么回答。

"坦白吧，坦白从宽，抗拒从严。"指导员提示他。

"我被关禁闭了。"凌五斗因为不能确定这是不是连长想得知的答案，回答的时候心里发虚。

"为什么被关禁闭？"

凌五斗想了想，说："因为我不想代表大家在电台里向全国人民问好。"

"你知道你这是在干什么吗？"

凌五斗摇了摇头。

"你这是临阵脱逃！你这是抗命不从！"

凌五斗更紧张了。连长觉得效果明显，颇是得意地看了指导员一眼。然后拍了拍桌上的手枪，"你知道你这样做的结局是什么吗？"

"不知道，连长。"

"违抗军令，就地枪毙！"

指导员因为心里依然没底，因此厉声说道："春节通过电台向全国人民问好，既是你的光荣，也是我们连的无上光荣，这是一项重大的政治任务，此事上级已经确定，不可更改，你说，这个任务你能不能完成？"他怕凌五斗摇头，赶紧强调，"其实呢，这个事情非常简单，你就对着话筒说那么几句话，三分钟不到，全国人民就都知道你凌五斗和我们天堂湾边防连的英名了！所以此事事关重大，也因为这个原因，如果你一旦违命不从，我们别无选择，只能按临阵脱逃来处分你。"

"我知道这是个大事，但我说不了，指导员您也看到了，我语无伦次，结结巴巴，吐词不清，如果非得让我来说，说成那个样子，让全国人民听到了，那可是丢大脸的事。现在这样我都会被枪毙，如果在全国人民面前丢了脸，我就更应该被枪毙了。从我们连、我们边防团、我们防区、我们军区的荣誉来讲，我觉得现在枪毙我比我丢脸后再枪毙我损失要小一些。"

连长和指导员听他这么说，一下傻了。两人面面相觑，相视欲哭。

指导员实难压住心头怒火，拍案而起："凌五斗，你他妈的真是不想活了？"

连长也是忍无可忍，他把枪在桌上猛地一摔，"你他妈的不要以为我们在跟你闹着玩！说，你干还是不干？"

三天来的困境和辛劳积蓄在凌五斗身体里，加之刚才那番不短的谈话，使他觉得自己就要沉睡过去。但想到自己即将被押赴刑场，被军法处置，就觉得刚好可以长眠，一次睡个够了。所以，他的眼睛通红，但依然闪烁着纯洁的光芒。他丝毫也不屈服。"我已经说过了，我的确干不了。"

"那好吧。"连长拿起了枪。

凌五斗站了起来。连长和指导员押着他。三人穿过屋外的严寒，踩着没膝深的积雪，来到了军营后面的七座坟——一个建连以来牺牲在这里、未能进入烈士陵园的战士的一个小陵园。

到了七座坟前，连长说："凌五斗，你现在答应还来得及。"

凌五斗说："连长，指导员，我做不到，真的很对不起你们。"

指导员体贴地说："你有什么遗言就说吧。"

"谢谢指导员！我有三句话：第一句，我是我们连第一个因临阵脱逃被处决的人，我对不起连队；第二句，我是一个被处决的逃兵，虽然没有资格，但我还是希望埋在七座坟。你们可以在我坟前立一个牌子，写清我被枪毙的原因，至少可起到警示他人的作用；最后一句话，我入伍以来，共积攒了四十六元钱，麻烦连队寄给我的母亲，我母亲叫黎翠香。我家的地址写在我笔记本的第一页上，请代我向她说声对不起，我辜负她的期望了。"

指导员听他这么说，被感动了。指导员示意连长，这个戏演到这里就算了。连长也准备作罢。不想凌五斗接着说："但我这样做，决不后悔。"

连长一听，气又上来了。"那你个混蛋就受死吧！"一边说，一边打开了手枪的保险，把子弹推上了枪膛。

凌五斗站得很端正。他用平和的眼睛看着连长和指导员。连长受不了他的眼光，把对准他的枪口朝向了天空。

"连长，你不要担心我，你就放心地开枪吧。"

连长一听，火冒起来，对着凌五斗，"砰"地开了一枪。

凌五斗眨了一下眼睛。他想自己该倒下去了。但他依然端正地站着，有些玉树临风的样子。他都没有低头看自己身上是否有枪眼。他对连长说："连长，你的枪打偏了，子弹从我右肩上飞了过去，离我肩膀的距离约为三厘米，离我右耳的距离约为二厘米。你不要不忍心，军法无情，你必须严格。"

连长和指导员有些哭笑不得，但他们既不能哭，也不能笑。即使他们心里非常想，这个时候也得板着脸。

连长说："你以为老子打不中你吗？我这是在给你机会。我现在再问你，你干，还是不干？"

凌五斗坚决地摇了摇头。

"我告诉你，我这枪里一共有五发子弹。现在还剩四发，你如果干，你肯定前途无量，你如果不干，等会儿你就会倒在你站立的地方。"

凌五斗依然坚决地摇了摇头。

连长打了第二枪。

凌五斗发现自己该倒下去了，没想自己依然挺立着。

"连长，您还是有些射偏了，这次子弹是从我左肩上飞过去的，子弹离我肩膀的距离为二厘米，离我左耳的距离约为一厘米，也就是说，它是从我耳边飞过去的。你太讲情义了，你还是干脆一点吧。你们刚才出来连大衣都没有穿，这么冷，你们待久了，我怕冻着你们。我已经感觉到冷了。"

连长和指导员万分沮丧地彼此对望了一眼。连长后退了几步，把枪口对准了凌五斗，打出了剩下的三发子弹。

四

连长和指导员不知道是怎么回到办公室的，两人都有些站立不稳。几个战士过来，想看连长打到秃鹫没有。——他们以为刚才开枪，是连长又打秃鹫去了。自从连队诞生以后，这群秃鹫就在这里生活，靠连队的垃圾为生。连长无聊的时候，会打高飞的秃鹫解闷。

一个战士问："连长，打着了没？"

"滚滚滚！"连长用十分厌恶的口气吼叫道。

几个战士自讨没趣，灰溜溜地走开了。

连长气得脸色由铁青变成了灰白，他对指导员说："妈的！没想到你我会摊上这么个货！"

指导员的脸色则由灰白变成了铁青："真他妈的是油盐不进，软硬不吃，死活不怕！这种货色你能怎么办？主要是，上级已经点名让凌五斗说话，这都是层层上报，经过审批，才确定下来的，而我们现在如果说他不愿意发声，谁他妈的相信？还有，一个战士，他不愿做这件事连里就拿他没办法了？如果这样，上头会怎么看我们？"

"就是啊，嘴长在他脑袋上的，如果他不愿说，就是撬开了也没用。这可能是老子入伍十几年来碰到的最大的麻烦了。他们哪里知道，凌五斗是个宁愿被枪毙也不回头的一根筋啊！我们想想看，还有没有其他办法吧。"

凌五斗在原地站了好一会儿。阳光照射在雪面上，反射出来的光很是扎眼，把他的眼泪刺激出来了。眼泪刚滑出眼眶，就被冻住了，凝结在了脸上。他觉得天堂雪山在他眼前变成了很多重，并在不停地晃动。他用了很大的力气，才把自己的眼神稳住。但他眼前的雪山依然是变形的，变得朦胧而又遥远。

指导员恍然在窗户里看到凌五斗在擦眼泪，认为他已有悔意，心里又产生了希望。他喊通信员去把他叫回来。

通信员看到凌五斗时，凌五斗正在倒下去。他看到凌五斗的身体很轻，像一团棉花落在了雪地上，没有声音，也没有雪末溅起来。

连长和指导员是不是已经毙了他，凌五斗没有搞明白。他觉得严寒把他的身体、主要是脑袋冻僵了，加之困倦，他已想不了这么复杂的问题。但在他看到天堂雪峰的那一刻，他觉得三发子弹应该是打中了自己的。意识到这一点后，他没有悲，也没有喜，只觉得自己的凡胎肉体已经羽化，变得像鸟儿一样轻盈；只觉得自己应该倒下去，把身体横陈，以便灵魂能像鸟儿一样飞走。

因为害怕高山反应，通信员不敢跑步，但增大了自己的步幅。他赶到凌五斗跟前时，发现他好像死掉了。他猜测刚才那几声枪响一定和他有关。一股从未有过的悲伤之情顿时涌上他的心头。他不顾高山反应可能带给自己的危险，试图独自把凌五斗背起来。但凌五斗像在人世这个蛆虫翻滚的茅厕里被浸泡了上千年的石头，变得非常沉。他抱不动他。他喘着气，跑去叫人来帮忙。

他和文书把凌五斗再次抬进了宿舍。军医过来看了，说啥事没有，就是太困，睡着了。

连长和指导员哭笑不得，连长厌恶地挥了挥手，让大家滚远点。两人唉声叹气，愁眉不展，在房间里转来转去，像两条总想去咬自己尾巴的短尾巴狗。

凌五斗睡觉从不打呼噜的，可能是的确太困了，大家听到了他如雷的鼾声。

"这家伙这一觉睡醒，恐怕就是大年初一了。"指导员绝望地说。

连长咬着牙："看来要让他干这件事是不可能了。"

"怎么办？你说怎么办？"

"你都无计可施，我能怎么办？总不能把他真给毙了吧。就是毙了，还是没有解决问题啊。"

指导员猛拍了几下自己的脑袋，然后长叹了一声，颓然坐下。他坐了大概有三十秒钟，突然屁股像被针扎了一样，从椅子上猛地弹了起来，惊喜地说："妈的，老子有办法了！"

"有什么办法？"

"找个人替代他！反正别人只需听到他的声音，他的声音谁也没有听到过，谁知道是不是他的？哪怕就是他的声音，从这里传到北京，肯定也是变了的。"

"好啊，但是……如果露馅了怎么办？"

听连长这么说，指导员又泄气了。

"但这是唯一的办法。"

"尽可能模仿他的声音吧，这事儿通信员在行，他在家学过口技。"

"让他抓紧时间，这事保密，只准你知我知他知。"

于是，指导员把汪小朔叫了进来，对他如此这般地交代了一番。

汪小朔开始有些惊讶，但很快就理解了，欣然接受了这个光荣的任务。他说："指导员，您放心吧，我保证圆满完成任务！"

"管住你的嘴，此事不能让任何人知道！"

"明白！"

五

凌五斗躺在自己的床上，他做了很多梦。梦境非常丰富，他梦见了奶奶和母亲，梦见了女友德吉梅朵。他梦见他和德吉梅朵被分隔在一列高可齐天的像玻璃一样透明的冰山两侧。彼此只能相望却不能见面。他确认自己已经死了。他不认为那是梦境，而是他死后见到的人世。他觉得自己的灵魂自由了，在一个瞬间就可以去很多地方。

即使醒来，他也不相信自己仍然活着。但他的确躺在自己的床上，的确在宿舍里，的确有一种火墙散发出来的暖意，的确有一种男人捂在一个房间里散发出来的复杂、浓郁的特殊气息。他看到几张从上面俯看他的脸。他确认，自己还活着。

"凌五斗醒了！"一个战士大声喊道。

"这家伙，一觉睡了这么久！"

雪光映进屋子里，有些发蓝。梦让他变得有些忧郁。他在床沿上坐了一会儿。然后到了洗漱间，把裤头换下来，开始洗那个裤头。

他觉得自己身体有些空，他撒了一泡尿，觉得身体更空了。

他郁郁寡欢地回到宿舍。发现春节已经到来，大家正围坐在一台上海无线电二厂生产的"红灯"牌收音机旁，收听广播电台的节目。收音机里只有噪声。文书亲自调频，也只收到了乌尔都语、印地语、克什米尔语、藏语、维吾尔语。

指导员和连长待在他们的办公室里，等待着从首都北京经过数次转接连通到这里的电话传到这里。但整个晚上，那台黑色的电话都没响一声。就在他们忐忑不安的时候，电话铃响了起来，团里预告电台的电话五分钟后准时打过来，让凌五斗做好准备。连长接完电话，一回头，看见凌五斗撑着一张忧郁的脸，在门口站着。

指导员和连长都有些慌乱，像正要偷盗被人抓住了。两人尴尬地交换了一下眼神。

指导员说："你终于睡醒了？"

"报告指导员，我睡得太久了。"

"你醒得真是时候啊，进来吧，正需要你呢！"

凌五斗进来后。通信员关死了门。

指导员说："凌五斗，你就坐着，不要动，也不要出声。"

"是！"

然后，电话铃再次响起。指导员示意通信员坐到电话机跟前，拿起了话筒。

"请问您是天堂湾边防连一班战士凌五斗同志吗？我是中央人民广播电台节目主持人李小红，我在北京和你通话，你辛苦了！"

"我是凌五斗，感谢你们对我们边防军人的关心！"

凌五斗没有说话，却听见自己的声音响了起来。

"你们在高寒缺氧的世界屋脊、在生命禁区守卫着祖国的边防，全国人民都牵挂着你们。"

"感谢全国人民，我们作为边防战士，为祖国和人民站岗放哨是我们神圣的职责。我们也为此感到无比的光荣和自豪！"

凌五斗紧闭着嘴，但他还是听到了自己的声音，他觉得有些怪异。

"今晚是大年三十夜，新年马上就要来了，我代表全国人民祝你们春节快乐！"

"我也代表全连官兵祝全国人民新年快乐！祝伟大的祖国繁荣昌盛！"

"你们能吃上饺子吗？"

"能吃上。在大雪封山前，上级不仅给我们送来了饺子和汤圆，蔬菜和水果，还送来了全国人民给我们寄来的信件和节日的祝福。"

"太好了，有你们守卫着祖国的边疆，我们就放心了！"

"请祖国放心！请全国人民放心！我们一定会时刻提高警惕，守卫好祖国的神圣边疆！"

"好，再见！再次祝全体官兵春节快乐！"

电话挂断了。

房间里沉默了三分钟。然后，通信员小心地把电话挂上，激动地转过脸来，问道："连长、指导员，怎么样？"

连长猛拍了一下他的肩膀："他妈的，真是太好了，今年年底，我给你报三等功！"

指导员也很兴奋："哎呀，真是没有想到啊，你能把凌五斗的声音模仿得这么像！你那个入党的问题，过年后就给你解决！"说完后，他又严肃地看了凌五斗一眼，加重了语气说，"你觉得怎么样？"

"说得比我还像。"

"现在，你们两个起立！"

通信员和凌五斗立正，站直。

"此事部队列为机密，你们不能透露丝毫，这是个政治问题！"

"明白！"通信员满脸是笑，高声答道。

"知道！"凌五斗也回答道。

"凌五斗，大声点！"

"明白！"

"好，通信员，你先出去！我跟连长还有话和凌五斗同志说。"

通信员无比愉快地出去了。

凌五斗还没有完全搞明白。他像还没有睡醒。

"凌五斗同志，你在想什么啊，迷迷瞪瞪的？"指导员问。

"我……我在想女朋友德吉梅朵。"

"好了，不要胡思乱想了。我再问你，刚才那声音真像你的吗？"

"比我的声音还像我的声音。"

连长说："那就对了。好吧，过年了，连队马上要聚餐，和广播电台说话的任务你已经完成了，完成得不错，等会儿给你敬酒。"

"可我刚才……没有说一句话。"

指导员说："你看你睡得太多，睡迷糊了，你没有说，那谁还会用你的嗓子说话？"

凌五斗"嗖"地站起来，答道："是！"他想了想，又接着说，"连长、指导员，你已经枪毙了我，我已经是另外一个世界的人了。这些事跟我已没有什么关系。"

连长、指导员都盯着他，他的话让他们浑身发冷。指导员小心地走过去，小心地摸了摸他的额头，他的额头是温凉的。他舒了一口气。"那你就先在另外一个世界待着吧，现在这个世界刚好不需要你。"

六

这些带着愤怒的表情，屹立在亚洲心脏地区的世界最高的群山，气势磅礴，蜿蜒逶迤。这种惊人的高度足以使任何旅人惊叹不已，维多利亚时代的旅行家将其称之为"世界屋脊"，这成了它的别名。它横空出世的雄姿，千百年来与世隔绝的状态，流传广远的神话传说，使其显得更为雄阔幽秘，也更加令人神往。

天堂湾就高踞于世界屋脊之上，更准确地说，它是世界屋脊上的一颗痣，最多也就是一个黑褐色的胎记。

世界屋脊的艰险和遥远让人感到生命的渺小和卑微，这足以使任何生命感到忧伤和绝望。

但凌五斗的到来——虽然他十分谦虚地自认为只是一朵无意中飘落到这座高原的尘埃——给这里增添了一种非同凡响的力量。因为这座高原以前从未有过的东西都随着他的到来，第一次诞生了。他像一个人造的分娩器，具有任何真实生命都不可能有的分娩能力。所以，当他爬上天堂雪峰下一个白雪覆盖的小山包，他觉得自己可以远望天山、昆仑、冈底斯和喜马拉雅，而其他万千峰峦只像面团泥丸一般。

这些永生永世的雪，黑褐色的岩石，闪着银光的冰河，就这样无声地进入了他的灵魂。

凌五斗突然感觉那庞大的山脉正大步向前走着，发出"咚咚"巨响，大地震颤，地球发抖，宇宙骇然。这使他很久以后，仍心怀余悸。

他把手向阳光中伸去，阳光还是那么冷，但已不那么寒了；天空变得亲切起来，那种蓝色总令人想伸出舌头去舔它；云朵飘动得慢了，像新棉一样松软；没有被雪覆盖的巉岩变得更黑；垂挂在巉岩上面的冰柱闪着光——它想变成水滴了；积雪已开始融化，表面上看不出来，但只要到正午，你把耳朵伏在积雪上听，就会听到水滴在积雪下发出的"滴答"声，这泄露了它的秘密；冰河的表面变得毛茸茸的，冰下也有了流水声；不时可以看到鹰的影子了，红嘴鸦又回到了连队的上空。高原不动声色，万物悄然变化。是的，现在已是农历三月初三，高原下的南方已是莺飞草长，而无边无际的北方也已春暖花开，无边大地生意盎然，一片锦绣。凌五斗从山下吹来的风中，已经闻到了春天的气息。

他想，德吉梅朵已经把羊群赶出了冬窝子，正向北方游牧而来。想起了故乡院子里的桃花正灿若朝霞，花瓣如雪，飘落在奶奶和母亲的头上。

就在这天早上，凌五斗决定，从连队院门口开始，向哈巴克达坂挖路，把牺牲的通信兵的遗体找出来。起床哨响起的时候，他已挖了五米远。

连长裹着皮大衣，强撑着一张睡眠不足的脸，来到他跟前："凌五斗同志，你又要干什么？"

凌五斗抬起头："连长，我在挖路。"

"往哪里挖？"

"我想把路挖到哈巴克达坂。"

"为什么？"

"过年前，那些通信兵就死在那里。我要去把他们的尸体尽早挖出来。我怕天气转暖了，熊啊狼啊把他们从雪里拖出来啃坏了，我也怕秃鹫和乌鸦啄食他们。"

连长一听，愣住了。"你这个鬼脑子每天都想些什么鸟东西！"然后，他用命令的口气说，"你他妈的现在是先进典型，你给我好好待着！"

"我没啥，反正也没事。"

"那你他妈的就一个人挖，我看你多久能把路挖到哈巴克达坂。"连长气得转身走掉了。

七

按照连长的说法，凌五斗这家伙是个贱坯子，他不犯贱就活不下去。他起早贪黑，去挖那条通向哈巴克达坂的路。从连队到哈巴克达坂有十三公里远，那条刚好可以搁下汽车轮子的边防公路缠绕在雪山间的沟谷里。这个穿着绿军装的士兵就像一只蠕动在冰雪里的工蚁。

连队官兵对凌五斗都有些恼火。因为他们觉得这个家伙的所有行为似乎都在和大家作对，他做任何事都使人产生自愧弗如的感觉。他让人既嫉妒又无可奈何。每个人都想看他的笑话，所以，当他一个人与冰雪奋战的时候，大家都在袖手旁观。

指导员担心他的身体受不了，先对他的行为进行了表扬，然后对他说："你一个人挖这路，多久才能挖通？就是我们全连出动也不行，所以我劝你回去休息算了。"

"我读过毛主席的《愚公移山》，他文章的第三段第6行到第16行里讲了愚公的故事。愚公能把山移走，我就能把路挖通。"他显得有些激动。

"好，很好，你是说，你一直要挖下去了？"

"是的，如果连队有其他任务，我可以暂时停下来。"

"但是，最多再等两个月，雪就会自己化了，路自然就通了。”

"我跟连长说了，我怕雪化后，战友的遗体暴露出来，会被狼或秃鹫撕扯了，所以，我要争取在天气变暖之前把路挖到哈巴克达坂。"

指导员无话可说了。他回到连部，马上安排凌五斗所在的一排一班负责去哨楼站岗。但凌五斗一换岗下来，又挖路去了。

指导员怕这样下去会出意外，只好将此事报告上级。大意是说，凌五斗自三月中旬开始，即起早贪黑，积极主动地拓雪开路，以期尽早打通天路。连队官兵担心他的身体，多次劝他休息，他依然坚持云云。

电报摆到团政委案前，政委激动得在自己的办公室里转了一圈又一圈。他在嘴里连连赞叹道："真他妈的是个好同志，真他妈的是个好同志啊……你说，怎么就会有这么好的战士呢？"

他当即把宣传干事叫过来，让他根据这份电报写篇报道，他把题目都想好了，就叫《一个想打通天路的战士》。然后亲拟电文，对凌五斗予以嘉奖。并指示连队：一是全体官兵要向凌五斗同志学习，在他的感召下，连队要有所行动。防区正在调集力量，欲打通天路，从即日起，你们可根据情况，从山上挖路，以作接应，力争在四月十日前将道路拓进至哈巴克达坂；二是高原严寒缺氧，要切实保证全体战士特别是凌五斗同志的安全。

连长和指导员接到回电，齐声叹了一口气。他们不再阻止凌五斗这个"新愚公"。但他们认为如此天寒地冻的，把战士们拉到海拔五千余米的荒原上，没有任何机械，全凭人力，要去挖通道路，非常危险。所以出于对士兵生命的爱护，从政委电报中"根据情况"四个字的要求出发，按兵不动。而他们让凌五斗去干活的解释是这样的：第一，他是自愿的；第二，连队可以承受一个人出意外，但不能拿一个连队去冒险。

凌五斗没有管这些。他拓进的道路离连队越来越远，他在往返途中花掉的时间也就越来越多，这自然会耗费掉他大量的体力。但他看上去并不虚弱，他一大早起床，带上头天晚上预备的馒头或罐头，扛上铁锹，来到工地，然后一直干到晚上才收工。他把路挖到两公里远后，连队不再让他站岗，还给他配了一匹马，这样，他就可以骑马往返了。

今年的天气似乎暖得早，凌五斗有些着急，他出去的时间更早，回来的时间更晚了。

有一天，他对连长说："我把路挖到雪谷口了。"

连长斜着眼睛看了他几眼。"你的意思是说你已经挖通三公里路了？"

"是的，我希望连队的车每天能接送一下我，马太瘦了，只能慢慢走，骑马去我干不了多久的活儿天就黑了。"

"好，如果你真把路挖到了雪谷口，我们全连会与你一起奋战，我想，最多用二十天时间就可以把路挖到哈巴克达坂了。"

八

天空中的蓝像要流淌下来，而太阳苍白得像牛奶一样，阳光没有一点温度，没有一点力，好像是飘动的。看不到风的影子，只能听到一种愤怒的低噪，可以感觉到它龇着锋利的牙齿。风，撕咬着大家，每个人都恨不能把脖子缩到肚子里去。战士们像一群绿色的乌鸦，紧紧地挤在牵引车的车厢里。虽然被摇晃着，但好像已被冻结到了一起，怎么也摇不散。

战士们被冬天这个牢房囚禁了一个长冬，现在能出来放风，每个人都有些兴奋，眼睛滴溜溜地四处乱转。但大家看到的全是白色。偶尔可看到天堂雪峰黑色的巉岩——那是喀喇昆仑肌体的颜色，他的本意就叫"黑色昆仑"。

出了雪谷口，眼前就是天神荒原。一层表面坚硬的积雪覆盖着它，风敲在上面，发出锐响。雪山闪得越来越远。它像一个巨大的广场，看不出一丝生命的迹象。

路向哈巴克达坂推进的速度很快。凌五斗自然高兴。因为过不了几天，他就能寻找那些牺牲的战友了。但就在离达坂还有两里多路的时候，连长却以官兵需要休整为由，决定收兵。

连长的决定让凌五斗很着急。"离哈巴克达坂只有不到三里路了，连长。"

"山下的部队距这里不远了，我们等等他们吧，我们可不能去抢大部队的功劳。"

"但今年天热得早。"

"这好啊，如果一夜之间，这冰雪都化了，我们就不用费这些力气了。"

"那就请连长把剩下的任务交给我吧。"

"交给你？你一个人在这里干？不怕狼把你叼走了？"

"没事儿，给我留几天的干粮就行了。"

"你如果实在要干这个事情，我也不阻拦你。好，我给你留一周的干粮，锅灶也留下，再给你留一顶帐篷、一支枪、二十发子弹，我等几天派车来接你。"说完，他又扔给了他一支手电，"刚装的电池，有狼啊什么的可以应付一下。"

凌五斗的脸上绽放出了笑容："多谢连长！"

草绿色的牵引车轰鸣着，拉着其他人绝尘而去。留下凌五斗站在雪野里。这个孤独的士兵身后的哈巴克达坂以及好几列无名雪山显得更为高绝了。

当汽车被黄昏瑰丽的雪夜抹去，凌五斗转过身，继续干起活来。

高原笼罩在夕阳和雪光融合而成的神圣光辉里。

在这个星球上，好像只有凌五斗一个人。铁锹与积雪摩擦的声音特别刺耳。夜幕四合，高原沉浸在乳白色的夜色里。夜晚更冷了，但凌五斗干得很起劲。等他停下来，已是半夜。他看了一眼天空，才发现有一轮很大的月亮挂在一朵白云旁边，正在西斜。

他回到帐篷，钻进被窝。被窝里和外面一样冷。但他很快就睡着了。他梦见了寒冷，梦见自己被冻进了寒冰里，像一条冻进了冰块的鱼，太阳可以透进来。但光影是扭曲的，没有一丝暖意。他透过冰层看到的世界也是变形的，格外模糊。他看到了万千蠕动的生命，他们是人类。而他自己笼罩在一团薄薄的金色光辉里，在人类上空飞翔，像混沌世界的萤火虫。

他睡得很死，虽然他在七点钟就醒了，算一算，也就睡了四个钟头，但他没有一点困意，头脑清醒，像被无数个春天的春风吹拂过。他觉得自己思维敏捷，浑身充满了力量。他一个鲤鱼打挺，站了起来——他虽然穿着皮大衣，看上去笨拙得像一头熊，但昨夜的睡眠使他的身手变得敏捷无比。他的头撞到帐篷顶上，帆布帐篷冻得和牛皮一样硬，发出了"嘣"的一声响。

凌五斗钻出帐篷，发现不远处竟蹲着一匹狼。他这才发现，帐篷周围留着它密密麻麻的脚印。他一看，不禁有些后怕。它没有钻进帐篷，却像是在周围巡护他。看到他出来，它也没有动，只对着天空低沉地嗥叫了一声，像是在问他早安。

"你，早上好。"凌五斗也向它问候。

遥远的东边的天空已有了一道弧形的晨曦。但头顶还有无数的星辰在闪烁。那一轮明月，有一半隐到了雪山的后面。

他开始干活。那匹狼看他那么忙碌，拖着被这个冬天熬瘦了的身体，蹒跚着，往北边跑走了。

他喜欢铁锹切进雪里的声音，像他有生以来，无数的真理切进他的大脑。"整体的谎言……个体的谎言，二者相互支撑、勾结……支撑着人类……"他的头脑从没有过地清醒。他不敢再想了，他不得不把皮帽子脱了，让自己的脑袋暴露在零下三十余度的严寒里。大脑很快冻僵，麻木，最后只剩下了一股异常清晰的寒意，像一枚锋利的钢针不断地刺扎他的脑门心。

但他的心里已经安然。他像个机器人。他挖雪的速度似乎比平时还要快。

九

高原一连五天没有下雪，这真是个奇迹。凌五斗顺利地站在了哈巴克达坂上。因为这已经是海拔很高的地方了，达坂并不比荒原高多少，但显得异常锋利，像一柄新开刃的镰刀，随时可以收割掉闯到这里来的任何生命。站在这里，视野更加开阔。他回望自己开拓的路，觉得它像一条白色的蛇，在蜿蜒爬行着。荒原更加坦荡。积雪像蒙在无边死亡之上的一块白布。除了自己身后的冰峰雪岭，其他三面的雪山都显得低矮了。那三面的高原呈一个优美的弧形，像我们在空中看到大地时的样子。他伸了伸脖子，觉得自己一下就能望到天尽头。

达坂海拔5837米，呈马鞍状，一边的雪山显得温和慈祥，另一侧的冰峰则暴烈凌厉，它比周围的雪山要高拔许多——它

原是没有名字的，军事地图上标注的是 79 号雪峰，因为它每年
都会发生雪崩，不时有经过这里的军车和人员被掩埋，所以战士
们给他取名为死亡雪峰。它和险峻的哈巴克达坂狼狈勾结，从这
条道路开通，已先后有 24 人牺牲在这里。而从山下运来的军马、
鸡鸭——以及转场到天神荒原放牧的羊群，也有因过不了这道
高坎而死去，被弃尸在这道达坂上的，因此，秃鹫常驻于此，孤
狼不时出没。

凌五斗看到了春节前夕那场雪崩留下的印迹。虽然积了新
雪，但还是可以看到，有半匹雪峰被撕下来了。倾泻下来的积雪
已被风夯实，现在，已开始融化。雪水冲出了一道道深浅不一的
雪沟。他看到了两顶皮帽子和一卷被复线，一只被狼或狐狸撕烂
的棉手套，然后看到了一只被咬烂的手。他小心地刨开积雪，他
看到了这个战士的胳膊，然后看到了他。他保持了跑开时的姿
势，张着嘴，像依然在呼喊，他脸上最后的表情是惊讶和恐惧，
由于冰冻着，他的脸色灰白。

凌五斗把他背进帐篷里，从自己的衬衣上撕下一块布，小
心地把那只手包好。

接下来的两天里，他在距这个牺牲者不远的地方又挖出了
牵引车，在牵引车附近共挖出了四具遗体。可以看出来，他们是
在完成任务准备离开时发生雪崩牺牲的。

从那天开始，他把子弹上了膛。自从死人的味道随着天气
变暖，从雪下飘散出来——再加之他这块新鲜人肉的味道随风
飘散开去，凄厉的狼嗥声就不停响起，浑身沾满死亡气息的秃鹫
一直在天空盘旋。

他的双人帐篷一下挤进五个人来，怎么也摆不下。他只好
把他们摞起来。下面垫底的是两个身材壮实的战士，第二层再摞

两个瘦一些的，第三层撂了一个小个子。他觉得他们随时会倒下来压着他。他荷枪实弹，刚好能挤着躺下，他的身体把挨着他的人的半边身体都焐暖和了。

狼群在外面奔突，嗥叫，有时候离帐篷近了，他就突然打开手电，朝他们射去，狼群一见，就会吓得跑开。这玩意比子弹还管用。用枪射击，打死一头狼，它们把它吃掉后，仍会在帐篷周围徘徊。

他好几个晚上梦见这五名士兵复活。梦境大致相似：帐篷变宽，大家并排躺着。有三个家伙打着呼噜，有一个家伙屁若裂帛，另一个家伙放屁则如打迫击炮。他们嘴里呼吸出的是军用罐头和压缩干粮在肠胃里发酵后的酸腐味……帐篷里被这些味道充斥满了。闻着这些生命的气息，他很是高兴。他把帐篷的门帘拉开，让月光射进来，月光很白，但照不到他们的脸，只能照到他们的头顶。他坐在他们身边，有些痴迷地望着他们。他的脸上一直挂着微笑。他总想去拍拍他们的脸，当他的手挨着了，才发现五张脸都是冰凉的，上面结着一层冰霜……他的心也会随之冰凉。

连长说一周后派车来接他，但现在已经是第九天了，还没有看到车的影子。手电的光已变得微弱，枪里的子弹只剩下了四发。如果不行，他就只能拆掉牵引车上的轮胎，把它点燃后驱狼取暖了。他有些舍不得，他觉得即使那辆车已经毁坏了，但轮胎还能用。

这些狼白天会躲开，但夜幕一降临，就会纠集而来。为了保护自己，凌五斗用冰块在帐篷四周砌了一道高达三米的围墙。他设计了一道活动的开口，只要把那两块冰推开，自己就可以从那里钻出去。他像是待在一口深井里。这样，他就不用担心狼群的袭击了。他还把一只打死的狼抢了回来，埋在冰雪里，已备没有食品时用来果腹。

好在两天后，他听到了另一种声音——一种凶猛的野兽啃噬冰山的声音。然后他看到了一星飘动的红旗，一群绿蚂蚁一样的士兵，几台蚂蚱一样的挖掘机，山下的开路大军已经来到了达坂下，他们就在临近达坂顶的一道山谷后面。他激动得朝他们挥手，呼喊，但没人看见他。

KL防区负责指挥开路的是白炳武参谋长，边防K团则由团长刘思骏统率。所带兵力除了KL防区直属工兵营一连和三连，还有团步兵营。当他们在达坂下望见一个孤独的士兵站在达坂顶上，所有人都惊讶得张大了嘴巴。

"那不是凌五斗吗？"虽然他的胡子、眉毛和头发上都凝结着白霜，但有人老远就认出了他。白炳武从达坂下爬上来。紧紧地握住他的手："连队其他的人呢？"

"他们前两天刚撤回连队了。"

"就留下了你一个人？"

凌五斗想了想，说："是我要求留下的，去年在雪崩中牺牲的五个战友需要看护。"

"扯淡，这里野狼成群，怎么能把你一个人留在这里！"

"……首长，嗯，他们前天才走，主要是车拉不下这几个战友，所以要把战士们先拉回去，然后再回来拉我和他们。你看，连长和指导员离开的时候，专门砌了雪墙，把我好好地护在里面呢。"他撒完谎，指了指远处那个像炮楼似的东西。

"这还差不多。"白炳武说着，用满是冰屑雪末的手把凌五斗脸上的白霜抹去。"走，到你的堡垒里去看看。"

这时，团长也跟了上来。凌五斗为两位首长演示了怎么进去，然后，他从里面把冰块撤掉了；然后，他把那匹死狼从冰雪里拖了出来；然后，两位首长看到了帐篷里面的情景；然后，他们脱帽，默哀；然后，白炳武转过身，向凌五斗敬了一个军礼；团长愣了一下，也跟着向凌五斗敬了一个军礼，凌五斗给他们回敬了一个军礼；然后，他突然大放悲声，痛哭流涕。

白马驹

如果我给你说，我因为爱情去年春天在帕米尔高原的塔合曼草原变成了一座冰雕，你一定不会相信。但这是真的。现在整个草原都流传开了，那里的人都可以作证。但对于我因何成为冰雕，却有着各种各样的说法，所以，我现在就把这传奇般的事情的原委讲给你听。

一

我爱的姑娘叫巴娜玛柯。我在白母马生下月光时，第一次专注地看了看她。她戴着一顶刺绣非常精美的库勒塔帽，四条长长的栗色辫子一直垂到紧凑而浑圆的屁股上，她蓝色的眼睛清澈得像喀拉库勒湖的湖水，她的额头像慕士塔格的冰峰一样明净，她长长的脖子上戴着用珍珠和银子做成的项链，美得像是用昆仑山上的玉雕琢出来的，她胸前佩戴着叫作"阿勒卡"的圆形大银饰，她有着好看的嘴巴，嘴唇不薄不厚，正好与她的微笑相配，她的鼻子高而精巧，上面饰着几点雀斑。她穿着有很多暗色小花的红裙子，像一位公主一样骑在一匹有青黑色纹理的大马上。那是她父亲的马。她偷偷地骑它出来，就是想看一眼我家的母马生下的、没有一根杂毛的白马驹。

这匹白马驹出生的消息在草原上传开之后，好多人都赶过来看稀奇。他们说还从来没有看到过这么可爱的小马驹。它好像不是凡物，而是天上的神灵送到人间来的神驹。我的父亲马达罕也很自豪，但我不知道该给这匹小马取个什么名字。

巴娜玛柯一看到这匹白马驹，就有些嫉妒那匹母马，就喜欢得想变成白马驹的小母亲，就想上去抱住它，就想把它抱在自己怀里，每天把它亲几遍。她从马背上轻轻地跳下来，说，这马儿美得像月光一样。

我一见到巴娜玛柯，就被她那和白马驹一样清澈纯洁的眼眸打动了，我记得她在看白马驹的时候，我一直在偷偷地看她。我看看白马驹的眼睛，又看看她的眼睛，怎么也看不够。我看得入了迷，听到巴娜玛柯夜莺一样好听的声音传来，我惊乍了一下，脸"兀"地红了。我摸了摸脑袋，语无伦次地对巴娜玛柯说，月光？太好了！这小马的名字不是有了吗？就叫它月光吧，多好的名字，这样的名字只有从你的嘴里能够说出来。

巴娜玛柯一听，也高兴得手舞足蹈，她说，你是说，这匹小马的名字是我给它取的了？啊，月光！只有这匹小马配用这个名字。我可以摸摸它吗？

当然可以，你是赐给它名字的人，你摸吧，你摸摸它，它会很高兴的……

巴娜玛柯很高兴地走近白马驹，她轻轻地、小心地抚摸着它，像母亲爱抚自己的婴儿。白马驹看见这位天使走向它，用眼睛望了她一眼，并没有躲到母亲肚子底下去。它好像和她已经相识，心安理得地承受着她的爱抚，那种舒适的感觉使它抖动了一下自己还带着母亲子宫气息的皮毛。

巴娜玛柯感觉白马驹的皮毛光滑得就像绸缎一样，她忍不住抱着它的脖子，亲了亲它可爱的脸颊。白马驹也回报了她的爱，舔了舔她好看的手。

我羡慕死了，我想，自己要是那匹小马就好了。

我正陷入美好而又略带伤感的遐想中，巴娜玛柯用马鞭轻轻地捅了我一下，你在想什么好事啊？咹？

我的脸又红了，像是刚从美梦中醒过来。在一边的伙伴们都笑了，有人跟我开玩笑，说我是在想哪个姑娘了。我把他们轰开，回到巴娜玛柯面前。

巴娜玛柯也笑了，但她只是微笑。她又抱着月光的脖子，亲了亲它的面颊，问我，这匹白马驹你们家以后会卖吗？

不会的，这匹马还怀在它妈妈肚子里的时候，骑手夏巴孜就把定金付了，我爸爸已答应把这匹马卖给他。

巴娜玛柯略微有些失望，她说，那么，我问你，你们家的白母马还能生出这样一匹白马驹来吗？

我耸了耸瘦削的肩头，觉得这是一个需要认真回答的问题，我就很认真地回答说，这匹母马虽然是匹白母马，但它以前下的都是其他颜色的马，它这是第一次下白马，所以，它还能不能生下一匹白马驹，我一点也不知道，只有白母马自己知道，你得问它。

巴娜玛柯呵呵地笑了，她好半天才忍住笑，我先跟你说了，我还会让我爸爸跟你爸爸说，你们家的白母马如果还能生出这样一匹白马驹来，我要让我爸爸给我买回去。我爸爸已答应买一匹好看的马给我。你到时可不能把它卖给别人。

好好好，我一定给你留下。巴娜玛柯的话让我感到惊喜。我从内心深处感激这匹白马驹和它的母亲，它们让我和巴娜玛柯有缘说了这么多话。我想，如果白母马能再生出一匹白马驹，我要把那匹白马驹送给巴娜玛柯。

巴娜玛柯骑着她父亲的雪青大马走了，她栗色的长辫上的银饰在她那还显得单薄的脊背上闪闪发光。她看到那么漂亮的小马，显然很快乐，这从她的歌声中就可以听出来。看着她闪光的背影，听着她那令人陶醉的歌声，我那颗青春的心变得忧伤了。在那一刻以前，我一直是个快乐的少年，我单纯的心像高原晴朗的天空一样明净，但现在，我心灵的天空已经开始奔跑爱情的云团，这些云团有时很美，有时则变得十分黯淡。

二

我们塔吉克人每年都在夏牧场和冬牧场之间漂泊，高原的春天和秋天都短暂得像一个情影，一般只有诗人和怀春的姑娘和小伙子能注意到。在一般人的感觉里，就只有夏天和冬天两个季节。夏牧场在雪峰下面棕色的千沟万壑和大大小小的荒原里，一户牧民一条沟壑或一片荒原，在那里找个有水的避风的角落，撑一顶白色的毡帐，就开始度那漫长的夏季。那是整个高原最孤独的季节，每家每户像一丛丛羊胡子草一样，散在高原各处，音信隔绝。但在这彼此很少来往的夏牧场，一个夏季不见，小伙子长健壮了，小姑娘长成了大姑娘，羊羔子长大了，小马驹长成了儿马；一个夏季不见，相爱的人情感更深，有仇的人泯仇和好。所以，从五月春天来临之际到十一月初雪降临这段时间，靠近河川的像塔合曼这样的草原都是空的，只有牧草在这里生长。这就是冬牧场，这是牧民们冬季生息修养的地方。当天空飘下第一场雪的时候，他们从一两百里远的夏牧场转场到这里，住进用土坯垒成的低矮温暖的冬窝子，把喂肥的牛羊卖掉，等待母羊产下羊羔，母牛产下牛犊，母马产下马驹，亲人们再次相见，恋人们又能相会，婚礼都在这时举行，不时会有老人去世——他们为自己在这时去世感到安慰，因为如果在夏牧场去世的话，家里人要把他运回家族的麻扎有时要费很大的力气。人们从那无数的沟壑和荒原汇聚到冬牧场的时候，草原上牛羊成群，人欢马嘶，毡房连绵，炊烟如云，充满了生机和人间气息。

虽然我家和巴娜玛柯家的冬牧场都在塔合曼草原，但我家的夏牧场在高原北部的萨雷阔勒岭里，那里与塔吉克斯坦相邻；巴娜玛柯家的夏牧场则在高原南面的红其拉甫附近，边界对面是巴基斯坦，相距四百多里路。所以，我要见到巴娜玛柯很难。初夏是白母马发情的季节，所以巴娜玛柯带信来问我白母马怀上小马没有，我说已经怀上了。

我和巴娜玛柯都喜欢骏马，这使好多人觉得奇怪，因为现在很多小伙子小姑娘都是练的怎样把摩托车骑得出神入化。我们在摩托车上装饰了很多小玩意儿，有能在太阳下像镜子一样闪闪发光的磁盘，有恐龙和各种鲜花图案，甚至还有一些国内外影视明星和歌手搔首弄姿的头像。

在我家萨雷阔勒岭里的夏牧场，我第一次如此思念一个和我家没有任何亲戚关系的少女，高原的夏天如此晴朗，但我心里却没有一个晴朗的日子；慕士塔格雪山如此明亮，我眼里看上去，却蒙着淡淡的阴霾；我无数次梦见我变成了高原上的鸟儿，飞到了巴娜玛柯的牧场里；我常常希望自己变成一股温暖的风，吹到巴娜玛柯的牧场上，让她家的牧场开满鲜花。我每天都要骑上马，登上牧场附近最高的山峰，望着高原南面的群山，希望看见她的身影，为她一首接一首地唱塔吉克族的爱情古歌。

我还听说，县上那个最有钱的沙吾提的儿子阿拉木也喜欢上了她，他游手好闲，穿着各种奇装异服，一会儿是巴基斯坦的，一会儿是美国的，一会儿"哈韩"，一会儿"哈日"，一会儿又是流行在内地的东西，他的头发也不停地变幻着各种颜色和很多奇怪的样式——而这些颜色和样式在县城没有理发店能做出来，他都是专门到喀什去做的，还有人说他是坐飞机专门到乌鲁木齐去做的。他父亲本来想让他好好学习，以后能上个专门教他如何做生意的大学，但他读完初中后，死活都不读了。他不像我和巴娜玛柯，想读书但家里没有条件送我们去，所以我们初中都没有读完就回到草原上放羊了。阿拉木十六岁生日的时候，他父亲就给他买了一辆陆虎牌越野车，他在那辆车上贴了熊、虎、豹子、袋鼠、眼镜蛇、老鹰等动物的图案，还有英文、韩文和日文的字母，看起来像一头奇怪的野兽。

沙吾提全家都是满口金牙，连阿拉木也是。所以他们家的人一说话，就是真正的众口铄金，金光一片。

帕米尔高原出产宝石，沙吾提一直想发财，就天天去寻宝。他跟一个"宝石大王"学会了骗人，然后学会了做生意。他在1993年古尔邦节的时候，终于在喀什装了一颗金牙回来。据说这是1949年以来帕米尔高原上第一个装金牙的人。他本来要装门牙的，但给他装金牙的人是个斜眼，所以就把金牙装在了左嘴角附近。他本来就是要炫耀一番的，如果金牙装在门牙处，炫耀时会很方便，他龇牙时人家就会看见了，现在他只有向左咧嘴时，别人才能看见。于是，他一回到高原就装牙疼，老是把嘴角往左扯，龇起左半个嘴巴，装作牙疼时的"咝咝"吸气状，没想久而久之，就成了习惯，他后来虽然装了满口金牙，但好像还是只有那一颗金牙似的，常常龇咧起左嘴角，"咝咝"吸气，生怕别人看不见。

满口金牙的阿拉木在一个偶然的机会看到巴娜玛柯，他看到她的第一眼，就被她迷住了。

三个月前的一天，巴娜玛柯骑马到县城来买东西，正在街上闲逛的阿拉木看到了她的背影，就被打动了，然后他又跑到她的前面，看了她的脸，他就呆住了。他觉得自己的魂被她掳走了。他变成了她的一条狗，她走到哪里，他就忍不住跟到哪里。听说他已开着车往巴娜玛柯家的夏牧场跑了好多次。

所以，我决心要去看望巴娜玛柯，我觉得自己一定要见她一面，不然，我有可能活不下去的。

父亲曾答应过我，让我到喀什城里去玩一趟。于是，那天早上一起来，我就跟父亲说，我要到喀什城里去，您答应过我的。

我长这么大，第一次向父亲撒谎。

父亲看着我，有些不解，巴郎，我们是在夏牧场，从这里到县城去坐班车很不方便的，何况，这些牛羊我一个人也管不过来。到了冬天再说吧，那时有得是空闲时间，你想在城里待多久都行。

我就想现在去，我从来没有去过喀什，他们说夏天的喀什城比冬天好看。我最多四五天就回来。

父亲有些无奈地说，那好吧，你长大了，有心事了，我看你出去散散心也好。他说完，从贴身的汗衫里掏出五百块钱给我。

我换了一身崭新的衣裳。父亲骑马一直把我送到公路边，把装着馕和酸奶疙瘩的褡裢递给我，嘱咐道，你就在这里等着，大概中午的时候，就有喀什到县城的班车经过这里，你先到县城住一晚上，明天一早县城有到喀什的班车。喀什城大得很，你是第一次进城，自己要留意一点，把钱装好，不要惹是生非，我四天后骑马到这里来接你。不要忘了回来时给我带几瓶酒。

我点头答应了，和父亲道了别，他便骑着马回去了。

我看着在午后的阳光下像黑绸子一样的路面，知道我顺着这条路的一端走去，就能走到巴娜玛柯的身边。想起她迷人的微笑，我的心又咚咚地跳动起来。

我在傍晚才等到那辆喀什到县城去的班车，所以到县城后，天已黑透了。我在街上找了一家五块钱一晚上的旅馆住下后，又买了送给巴娜玛柯父母的茯茶和糖。我想给巴娜玛柯也买一件礼物，但我不知道该买什么东西合适，最后把所有的商店都转完了，终于给她挑了一条红头巾。

我还看见了富家公子阿拉木和他的几个小兄弟在街上晃荡，他们把自己打扮得像电视里的主持人一样花哨，他们的皮鞋在街上昏暗的灯光里闪光，他们的耳朵上竟然戴着明晃晃的耳环。他们手里拿着灌装的啤酒，一边喝着，一边唱着遥远内地的流行歌曲。

可以看出，阿拉木他父亲虽然有那么多钱，但他的儿子还是那么空虚、无聊。和他比起来，我的生活虽然艰苦，但我的心里有无边的爱，藏着一个巨大的秘密。对于这个秘密，除了我自己，谁也不知道。想到这里，我偷偷地笑了起来。我已有好久没有笑过了。走进旅馆的时候，我咧着的嘴还没有合上。肥胖得像个羊毛纺锤一样的老板娘见了我问道，小伙子，看你那高兴的样子，是不是在街上捡到宝石了？我仍只是笑着。那天晚上，虽然那个房间里睡了六个人，其中有四个人鼾声如雷——他们此起彼伏，完全是雷霆的合唱，但我睡得十分香甜。

我一大早就醒了，跑到公路边去等到红其拉甫的便车。县城里的一切都还在沉睡，只有带着寒意的晨风在四处闲荡，把白杨树叶吹得哗哗响。我蹲在路边，一边啃着馕，一边望着天空，月亮已经沉到西边的雪山那边去了，残余的光辉给那几座以深蓝色天幕为背景的雪山勾勒出了一道淡淡的银边。天上的星星还是那么精神，有几颗特别明亮，眨着，像巴娜玛柯的眼睛一样。她在天上看着我呢？我在心里对自己说。

天亮后，不时有经红其拉甫去巴基斯坦的货车呼啸而过，但没有一辆停下，最后，我拦了一辆边防部队的吉普车，他们像是认识我似的，问了我去哪里，就让我上车了。一位中尉军官问我到红其拉甫干什么。我说去看巴娜玛柯。他问就是那个漂亮的小姑娘吗？他们家就在我们哨所附近放牧。我说是的。他说她是你的女朋友吧？你可得好好地喜欢她，我们边防连的战士也都喜欢着她呢，还有那个沙吾提的儿子也老开着车来找她。我知道他前面的话是在跟我开玩笑，但后面那句话却是真的。我不笑了，我的心像被人捅了一刀，疼得我眉头都皱了起来。路两边的风景像按了快退键的录像一样，从车窗外飞快地掠过去了，我的眼睛只看到了交替闪现的蓝、白、棕三种颜色——那蓝的是天，白的是雪，棕的是山和荒原。

小伙子，到了，河边那顶白帐篷就是你要找的姑娘家的。

我顺着中尉指给我的方向望去，看见那顶毡帐扎在河边，很是醒目。帐篷顶上飘着中午的牛粪烟，那烟比天空还要蓝。

三

我的心跳得像敲响的羊皮鼓一样响，似乎整个高原都可以听见。我把那顶白毡帐望了很久。它就是我心中神圣的爱情的宫殿。想起巴娜玛柯就住在里面，我的眼睛就潮湿了。但我却没有勇气靠近它一步。

雪线还很低，晶莹剔透的雪山似乎伸手就可以触摸，雪山的寒意被风带过来，从我的脸上掠过。洁白的云团在雪山顶上漂浮着，红其拉甫河像一匹蓝色的绸缎，在海拔四千多米的高处飘动，河两岸已有浅浅的绿意。巴娜玛柯家的马和羊群散在河岸边，他的父亲骑着那匹雪青马，跟在羊群后面，牧羊犬无所事事，无聊地蹲在离白毡帐不远的地方，牦牛则跑到了雪线附近。

虽然我早已习惯高原缺氧的生活，但我可以感觉到，由于缺氧，空气显得很重，让人的呼吸变得很费劲，加上内心的激动，更觉得呼吸艰难了。

我看到了她妈妈走出毡帐，取了一些干牛粪，然后又进去了，她的两个弟弟在外面和四只小羊羔玩耍了一会儿，被他们的妈妈叫进去了。我等着她出来。我想知道她真的就住在里面，好像只有这样，才能确认这就是她在高原上漂移的家。

我在一块长着红色地衣的石头上坐下来，我想，只要我看见了她的身影，我就有勇气向她跑过去。我觉得那顶白毡帐成了这个世界的中心，一切都围绕着它在飞快地运行。

太阳慢慢偏西，阳光越来越柔和，风越来越硬，风中挟带的寒意越来越浓，雪山被暗下来的天光衬托得更加明亮。这时，我看见巴娜玛柯提着一个白铁皮水桶，到了河边，打了一桶水，又回到帐篷里去了。她走出来时，我没有看清她的脸，我只感觉到她的脚步是轻快的。她往回走时，因为提水时需要用力，她向左倾斜的背影是那么美，她的腰很细，但很有力。

我站起来，她的背影让我觉得自己想飞，我那么快地来到了河边，像鹰从高空俯冲而下。我在河边洗了一把脸，河水清凉，我忍不住趴下去，喝了几口。然后，我找了一个水流平静的地方，照了照自己。我看见自己原本很亮的眼睛蒙上了一层薄薄的雾霾。

我来到巴娜玛柯的白毡帐前，她爸爸已把羊群赶回了家，雪青马已拴在了拴马柱上，牦牛已从雪线附近自己归来，没有听见牧羊犬的吠叫，现在不需要看护羊群，它一定是会自己的伙伴去了。巴娜玛柯和她妈妈的头埋在羊群里，正在挤奶。巴娜玛柯的屁股朝着我来的方向，像一轮红色的月亮，我感到有些害羞。母羊柔和地叫着，头抵着头，屁股朝外排成两行，等着女主人把鼓胀的奶包里的奶挤掉，几只高大的公羊在羊圈里无聊地兜圈，十多只半大的羊羔子则在羊圈外欢快地蹦跳着。我叫了一声巴娜玛柯，她没有听见，我又叫了一声，她从母羊屁股后面抬起了头。她看见我，有些不相信，露出了惊讶的神情。她的左手提着奶桶，两只手上都沾着新鲜的羊奶。她的母亲也随之站了起来。羊都抬起头来，面对着我的羊好奇地看着我，屁股对着我的羊，也把头转过来，好奇地看着我。

我走过去，按我们塔吉克人的礼俗，吻了她母亲满是鲜羊奶味的手。

她把奶桶递给母亲，从羊群里走了出来。她的红裙子上粘着白色的羊毛。她的头发兜在黄头巾里，黄头巾上也粘着白羊毛，她的脸上还粘着一根。我从她身上闻到了母羊的新鲜的奶味儿——啊，她是一只多么漂亮的小母羊！

啊，是你啊，真没有想到！你怎么到这里来了？她一边走近我，一边问道。

我……我……我不知该怎样回答她。

你是从你们家的夏牧场来的吗？

我点点头。

那可远了，有好几百里路呢？

搭车来的，也没显远。

你走了这么远的路，到这里来，一定有什么事吧？她一边问我，一边用水壶里的水洗手。然后请我到帐篷里去。

我……我是来告诉你，我家的白母马怀上小马了。你带话来问过我，我怕那个人没有把我的回话带给你，所以就来了。我终于找到了这个借口。

啊？没想到让你跑了这么远的路！早知道，我就不带话去问你了。

没有什么的，这里我从来没有来过，我自己也想来看看。

那就在这里多住几天吧。

听了她的话我很高兴，我也想在这里多住几天，甚至想在这里住一辈子，但我不能这么做。我来这里已很冒昧了。我言不由衷地说，如果明天有便车，我明天就回去，家里的羊群，爸爸一个人照看不过来。

她听了我的话，眼睑低下了。她站在白毡帐门口，望了一眼雪山，什么话也没有说。

毡帐里很暖和，她的父亲盘腿坐在那里，从毡帐顶上的通风口透进来的天光罩住了他，使他的身影看上去很朦胧。他正在抽莫合烟，烟从那光柱里飘了出来。看清我是个贸然而至的客人后，他连忙站了起来。我吻了吻他的有羊膻味和莫合烟味的手心。我告诉他我父亲的名字，他说他认识，他们年轻时在一起赛过马。

我把我来这里的借口又说了一遍。说这些谎话时，我的心跳得很厉害。她父亲听说我跑那么远的路专门来告诉白母马已怀上小马驹时，非常感动。他请我在烧着牛粪火的炉子前坐下，然后说，现在很难找到像你这么认真对待一件事情的小伙子了，不管你家的母马下的是白马驹还是黑马驹，我到时都买了。我去宰一只羊，我要好好招待你，今天晚上我们可以好好喝几杯。

这样的盛情让我感到很不好意思，我想阻止她父亲，但她父亲已经出去了。一会儿，他牵进来一头公羊，让我过目。然后就牵出去。她的两个弟弟也跟出去看宰羊去了。

毡帐里只有我和巴娜玛柯了，我摸了摸贴身放着的红头巾，但我没有勇气送给她。

羊肉在灶台上散发着香气。我和她父亲说了很多话。我还第一次喝了白酒。酒的火焰在我的身体里燃烧。我感觉我的身体变得越来越轻。我怕自己最后变成一片羽毛，被身体里的火烧焦，或随风飘走，我没有再喝。她父亲也没有再劝我。

灶台是我们塔吉克人帐篷中最显贵的地方。所以靠近灶台的地方也就是专为客人腾出睡觉的地方，巴娜玛柯的妈妈把我安置在灶台边躺好，我在牛粪火的暖意中很快就睡着了。

早上起来，我跟巴娜玛柯的父亲说，大叔，您已知道我家的白母马怀上马驹这件事情，我也就该走了，我得回去帮助我爸爸照看羊群。

巴娜玛柯听到了我说的话。她把头转过去了。她爸爸挽留我，但我已心满意足，我一定要回去了。他最后只好说，我去问一下边防连有没有到县城去的车，这段时间你可以让巴娜玛柯带你转转我们家的牧场。他说完，就骑着光背马到边防连去了。

巴娜玛柯牵出两匹马来，问我需要马鞍吗，我说不用。我们俩便都骑着光背马，信马由缰地在她家毡帐后面的荒原上慢慢溜达着。

我们走了好久都没有说话。这里的雪山漂亮吗？她突然问我。

我又望了一眼涂抹上了朝霞的雪山，说，这些雪山很漂亮，每一座都很漂亮，像我有一次在电视里看到的金字塔，只是这些塔是银色的，好像是纯银砌成的。

她听了我的话，也望了一眼雪山。

我站在我们家的夏牧场的山头上，一次次望见过这些金字塔一样的雪山。我接着说。

真能望见吗？

我记得我爷爷曾给我说过，眼睛望不见的地方，心能望见。我在那个山头上，不仅能望见这些雪山，还能望见你。

我的声音很低，但寂静的高原的清晨却能让她听见我说的话。我看见她的脸红了。她用脚磕了一下马腹，马儿带着她一颠一颠地跑开了。我追了上去，重新来到她身边。她转过头去，低垂着眼睑问道，那你还跑这么远的路来干什么？

我摸了摸怀里的红头巾，鼓足勇气对她说，我……我是来送这条红头巾的。我说完，把红头巾递给了她。她接过去，用蓝色的很深幽的眼睛看了我一眼，羞红了脸，又一次骑马跑开了。我正要追上去，她爸爸快马跑了过来，老远就喊道，小伙子，边防连有车到县城，他们马上要走！我只好把马勒住。

当我坐着连队的吉普车跑了好远，看见骑马来送我的巴娜玛柯还站在那个小山冈上，我看见她把那条红头巾包在了她的头上。

四

从红其拉甫回来后，我就特别留意白母马的肚子。我希望它能为我心中的巴娜玛柯也生一匹白马驹。我有好几次一边抚摸着母马的肚子，一边自言自语，一匹白马驹，那可是巴娜玛柯最希望得到的宝贝啊。

白母马终于在第二年春天分娩了，正如我所愿，白母马为我生下了一匹和去年一样漂亮的白马驹。看到白马驹生出来，我激动得好像那是为我生下的孩子。我飞身跨上父亲的马，跑去给巴娜玛柯报信。春天像是一夜之间来临的，很多地方还有没来得及消融的残雪。但草原在一夜之间铺满了新绿，像是有一位仙女趁牧民们熟睡的时候，把一床刚织好的绿地毯铺在了草原上。草原上充满了勃勃生机，春天的气息扑面而来，令我陶醉。我的马儿跑得像风一样快，有时候我嘴里忍不住发出"嚯嚯"的啸叫声，有时又张开嘴，让鲜嫩的牧草的气息和各种花朵的香气灌进我的肺腑里。

马上又是从冬牧场转场到夏牧场的时候了，我的内心又忧伤起来，我自卑地想，我把她当作心中的明月，而我在她心中恐怕连塔什库尔干河里一块能引起她注意的白卵石也不是。

巴娜玛柯家从夏牧场转场到冬牧场后，阿拉木更是三天两头开着他那辆怪兽一样的越野车去找她。

想起这个花花公子，我就感到难过。我不担心巴娜玛柯会被阿拉木征服，但我担心她会被他开的那辆车征服。我的心里流淌出了一支献给巴娜玛柯的情歌，我在飞奔的马背上忍不住大声唱了起来，我多想让草原上的每一个生命都来见证我的爱情啊——

　　　　我心中的巴娜玛柯啊，
　　　　慕士塔格顶上的冰雪一样纯洁；
　　　　她美丽的蓝眼睛啊，
　　　　喀拉库勒湖水一样清澈；
　　　　我对她的思念啊，
　　　　圣洁的蓝天一样高深难测……

五

当我的携带着草原好闻的春天的气息来到巴娜玛柯的毡帐后面，刚要下马，却见巴娜玛柯骑着马正从不远处跑来。看到她，我心里充满了喜悦，我的心是那么紧张，整个身体好像都被春天的风带走了。我忍不住轻轻地叹息了一声。我不知道自己为什么会发出这声叹息。但我知道这声叹息是从我心的最深处发出来的。

巴娜玛柯的怀里抱着一只小羊羔，她像抱着一个宝贝婴儿。她怕颠着了小羊羔，所以没有让马跑得太快。

她勒住马，她的脸蛋被春光染了两团红晕。一只母羊生了一只小羊羔子，我要把它送回毡帐里来。我远远地就看见了你，看到你飞快地向这里跑来了。她动作优美地从马上跳下来，接着说，你很少到我们家的冬牧场来过，请到毡房里坐一会儿吧。

她抱着羊羔站在春天的阳光下。她比我上次见到时又长高了一些，变得更加苗条了；她的面孔镀着高原的阳光，变成了淡淡的棕黑色，但却像乍放的花，散发着香气，更加动人；她的屁股已经像母马的臀部一样丰满；她的胸前已有了丰满而优美的曲线……她像一块玉，经过时间这个艺术家的雕琢，已变成一件珍贵的艺术品。

我羞涩地说，我家的白母马下了一匹小白马，和月光一样漂亮，我跑来就是要告诉你这个消息的。

真的吗？

真的。今天早饭后下的，我当时心里很紧张，我不知道白母马会下一匹什么颜色的马驹子。我看见母马一点点把它生出来，竟然和月光一样白。

太好了！我要和你马上去看看！她把小羊羔交给已经八十多岁高龄的奶奶，很快就出了毡房，轻快地上了马，向我家的草场跑去。

跑了没有多远，我们就看见阿拉木的怪兽向草原驶来。车轮碾过柔软的草原，我似乎听到了那些牧草在车轮下的呻吟声。

阿拉木一只手开车，一只手和脑袋一起，伸出车窗，大声喊道，巴娜玛柯，你要到哪里去？他嘴里的金牙随着他嘴巴的开合，金光也一闪一灭的。

看到她，我心里难过起来。我多希望巴娜玛柯不理他，继续跟我往前走。但她勒转马头，跑到阿拉木的怪兽跟前，才勒住了马缰。我要到马木提江的草场去，他家的白母马生了一头白马驹，我要买下它，所以我要跟他去看看。她对他说完话，又把笑着的脸——多美啊——转向我，说，他就是马木提江。

阿拉木轻慢地看了我一眼，虽然他是抬头看我的，但却感觉他的目光是自上而下的。我下了车，他昂贵的白皮鞋擦得很亮，穿着一套新的时髦的白色休闲西装，留的不再是那种爆炸式的彩色头发，而是染成了金黄色，梳得一丝不乱，感觉他突然变成了一个很有教养的、电视剧里面的归国华侨的公子。但他稍微离得近一点，我就能闻到了他身上那股发情期的种羊的气息。他金牙一闪，向我问道，你家的母马这次就下了一只白马吗？

　　他竟然不屑地把马称为"只"，一个不敬重马的人，是不配做草原的孩子的。我觉得他不配和我说话，就没有理他。

　　他金牙一闪，又接着说，回去告诉你的老父亲，说我阿拉木要把他的白母马和白马驹一起买下，让他好好想个价格吧！

　　阿拉木先生，我想告诉你，在我们塔吉克人生活了几千年的帕米尔高原，在这雄鹰高飞的地方，所有人都知道，世界上有很多东西是金钱买不来的。而你，能用你父亲挣下的钱买下什么呢？

　　阿拉木的脸色一下子变得难看了，他冷笑了一下，说，我想，我用我父亲挣下的钱买你这样的穷鬼还是没问题的。

　　但愿有一天，你能把自己买回去！我毫不示弱地回敬他。

　　单纯的巴娜玛柯不知道我们为什么一见面就针尖对麦芒地干上了，她还不知道这一切都是因为她。她说，你们这是干什么啊？你们以前有仇吗？说罢，又转过头来对阿拉木说，我在马木提江家的白母马生下上一头白马驹的时候就跟他讲了，我要买这匹小马驹，我父亲也答应了，你要买，只有等下一次了。

　　巴娜玛柯，我不需要买什么破马，我买那破马干什么呢？我早就想离开这个鬼地方了，我爸爸已经在乌鲁木齐买了有花园的别墅，但我奶奶离不开草原，等她死了以后，我们全家就要搬到乌鲁木齐去了，永远离开这个鬼地方，打死也不回来了。他用炫耀的口气大声说完，点了一支烟，摆出潇洒的架势抽了一口，吐出一串烟圈，但你喜欢那白马驹，我就为你把它连同那白母马一起买下来，送给你！多少钱都无所谓。这样，你就不用担心你买不到那匹马，你也就不用担心他们把小马喂不好，更主要的是，你就不用再往马的主人家跑了。

我为什么要你帮我买这匹马呀，我自己骑的马，我自己能买得起。巴娜玛柯说完，转身要走。

好了，不说这个了，不说这个了，我今天来，是专门来看你的。你要去看白马，你坐我的车，我送你去就行了，半个小时就可以到。

不用了，我喜欢骑马。

听了巴娜玛柯这句话，我心里很高兴。

你上次不是说，你的胆子大得很吗？但我相信，你敢骑着马在草原跑得像风一样快，但你肯定不敢坐我的车。阿拉木知道，他今天一定要把巴娜玛柯请到自己车上来，不然，他今天会很没面子的。

巴娜玛柯笑了笑，说，我只是个牧羊姑娘，我习惯了骑马，你那样的车，我怕我坐上去会……晕车的。她差点儿说她坐上去会吐。她说完，就用靴子磕了磕马腹，转身走了。

我从来没有这么自豪过。我为巴娜玛柯自豪。我打马跟上了她。我看见阿拉木在喊巴娜玛柯的名字，他的声音被我们抛得越来越远。阿拉木开着车追上来，最后终于在草地里给陷住了。我看着巴娜玛柯优美的背影，我真想把自己在来的时候唱的那首情歌唱给她听。

六

巴娜玛柯赶到白母马的马厩前，白马驹正在母亲的肚子下吃奶。

月光已经长得很高大了，眼神里有一种烈马的桀骜不驯，像是要在这些来看热闹得人面前显露一手，它跃过马厩的两米多高的土坯墙，像一只白色的利箭一样射向了绿色的草原，留下了几声有力的嘶鸣声和一串清脆的马蹄声。

好马！真是一匹好马，人们赞叹道。

哥哥的行为使白马驹松开了母亲的奶头，它像是受到了激励，在马厩里蹶着小蹄子，撒起了欢。

巴娜玛柯看着白马驹，觉得它和月光一样骏逸。她已可以看到它成年后的风骨。

看，它的眼睛和你的眼睛一样清亮，一样干净。这是我成千上万句中赞美巴娜玛柯的话中说出的第一句话。我的声音不高，脸也红了，但我很高兴。

巴娜玛柯单纯得和小白马的眼睛一样，她问，是吗？我的眼睛有那么漂亮吗？

我重重地点了点头，用平生最大的勇气说，不仅是眼睛，你每一个地方都漂亮，就像这匹白马驹。

巴娜玛柯听了我的话，脸上绽放出两朵羞红。她什么话也没有说，转过身去，轻轻地抚摸白马驹。然后回过头来，问我，它有名字了吗？

自从它怀在白母马的肚子里，我就在给它想名字，你觉得雪光怎么样？

雪光？好的，你和我想的一样啊！

巴娜玛柯说完，搂着雪光的脖子，亲了亲它，骑上马回去了。我一直把她送到她家的毡帐附近，才骑马返回。我的心里充满了对爱情的美好向往。

没想到第二天，阿拉木那辆越野车就停在了我家牧场附近一丛高原柳后面。他躺在车里，听着在内地流行的音乐，看到我骑着马，赶着羊群走远后，才来到我家的毡房门口。家里只有我的父亲和母亲在家。阿拉木心里暗自高兴。他装作很有礼貌的样子向父亲问好，并送上了自己带来的茶叶和酒。

父亲有些受宠若惊。人们都知道他是帕米尔高原最富有的人的儿子。平时这个小伙子的眼睛都是看着天上的，今天却这样恭敬，父亲不知道他要干什么。母亲给他烧了奶茶，摆上了干果、馕和糖果，他也没有嫌弃，每样都尝了尝。

他和父亲聊了一会儿天，说，大叔，我是你儿子马木提江的好朋友，我听说你家的白母马昨天刚下了一匹白马驹，我刚好想买一匹马，就过来看看，不知道大叔这匹小马卖不卖？

我养不了那么多马的，当然要卖了。不过，现在小马驹刚生下来，还不是卖它的时候。

大叔，那你打算多少钱卖呀？

那得看它长大之后是一匹好马，还是一匹破马了。好马得三千块，破马就贱了。

你们家那匹白母马下的马都是好马。

那倒是，不过，白母马现在老了。

您估计它还能为您下几匹小马呢？

最多也就两三匹马吧。

大叔，我想现在就把小白马买下来，我怕别人给抢走了，不管它以后是长成好马还是破马，我都给您四千块钱，我准备把您家的白母马也买了，这样的话，我就可以自己去养，我今天就可以把小白马和白母马一起带走。我一共按五匹马的价格给您出钱……见父亲不明白，就扳起指头给我算起来，您看，白母马、已经生下来的小白马——您刚才不是说这白母马最多还能生两三匹小马吗？我给您按三匹马算——就是说，我把这三匹还没生出来的马也算上，一共就是五匹马了，当然，老母马和它还没有生出来的小马我可只能给您三千块钱一匹。这一共呢，我给您一万六千块钱，您觉得怎么样？

我的阿拉木巴郎，你这是在逗我耍呢，我还从来没有听说过有人这样买马的。

大叔，我今天就这样买马了，我说的是真话。

你花的是你爸爸的钱，这么大一笔钱，应该由你爸爸做主的。

这是我自己的零花钱，你卖给我马就行了，我把钱全带来了，现在就可以付给您。他说完，就把一沓崭新的人民币"啪"地拍在了桌子上。

但是……有个情况我还没有告诉你，那就是塔合曼东边的巴娜玛柯昨天已经来看过这匹小马了，她说她要买的，我已经答应她了。但那钱的确诱人，在这高原上，除了阿拉木这个把钱不当钱的花花公子能出这个价，就是五匹真正的骏马，也不会有人出这个价的。何况有三匹还没有影子呢。父亲的眼睛很难离开那沓钱了。

大叔，不管谁买这马，既然是做生意，那肯定是谁出的价钱高，谁最先付钱，这马就卖给谁了。

你说得也对，那好吧，这钱我就先收下了。不过，如果你反悔了，你再来把这钱拿走就是了。

好了，我现在就打电话，叫一辆车来把马运走。他说完，就用手机给他的朋友打了一个电话，一会儿，他朋友就开来了一辆卡车，他把母马和小马赶到了车上，然后很有礼貌地和父亲告别，然后，这个胜利者开着车，把车里的音乐轰得很响，吹着欢快的口哨，甩下一长溜烟尘，狂奔而去。

七

我披着一身月光，赶着羊群回到毡房后，我闻到了清炖羊肉的香味。全家人都在等我，每个人的脸上都绽放着笑意，露出过节才有的表情。见我回来，母亲把炖好的羊肉盛到了盘子里，父亲脸上的笑最为明显，像是用力刻上去的，他竟然从墙角摸出一瓶伊力特曲来。这一瓶酒就值三十八元钱，在我们的印象中，这种酒一直是城里人喝的，我父亲一直喝三块钱一瓶的酒，还从没有喝过这么贵的酒。但我知道父亲无论如何是舍不得买这么贵的酒的，肯定是别人送的，就问，爸爸，你又不是乡长，谁会送你这么贵的酒啊？

父亲以喜悦的口气说，谁也没有规定好酒就非得送给乡长喝啊！他把酒倒进碗里，嘬了一口，发出了很夸张的响声，然后很陶醉地赞叹道，好酒就是不一样啊！你坐下，也喝一杯吧。

我坐下后，母亲递给我一块羊肉，说，在外面累了一天了，先吃点，你爸爸喝的酒是你的朋友阿拉木送的。

阿拉木？他来干什么？我把嘴里的肉囫囵咽进肚子里，把手中的大块肉放下了。

母亲就把今天阿拉木来买马的事给我讲了，父亲又做了一些补充，然后感叹道，这真得感谢胡大啊，虽说卖给他的是五匹马，但实际上那三匹马是连影子也没有的，谁能想到一匹老母马、一匹小马驹子能卖这么多钱？我开始一直还以为他在说疯话，闲得没事，逗我寻开心呢，没想到人家啪地拍下了一万六千块钱。我这次可是知道什么叫有钱人了！有钱人就是把钱当空气一样花。他说完，又深深地嘬了一口酒——他原来喝酒都是大口大口地喝，这酒他舍不得那样浪费，所以每一口虽然响声很大，但都只喝进去了一点点。那酒在他嘴里蹿一阵，剩下的一丁点再缓慢地渗进喉咙里，像一串串火苗，燎得他很陶醉。

我低下了头，我感到自己的心凉透了，那种冰凉从心中扩散开来，我觉得自己的整个身子都被冻透了。我变成了一尊冰雕，坐在那里，屋子里的热气使我身上散发出丝丝热气，但冰雕内部的寒冷使这整个外部世界的暖意也奈何我不得。慢慢地，毡房被寒意充满了，草原的气候也像是突然陷入了寒冬里。全家人都不知道是怎么回事。父亲还是那样喝进一口酒，然后说，怎么变天了？是不是要下雪了……

家里人都纷纷找来厚衣服穿上。

母亲见我没有动，以为我累了，就翻出我的羊皮褂子给我披上。她的手无意中触到了我的脸，她觉得我的脸像冰一样冷，但她并没有怎么在意，只嘀咕了一句，这孩子进屋这么久了，怎么脸还没有焐热啊？

我的眼睛里滚出了一串冰珠子，那是我的眼泪。它们落在地上，声音很轻微，很快就融化了。

代　跋

我写的是大地上的"微尘众"
——答作家李黎问

李黎：卢兄好，今年你就要迎来五十周岁的关键年份，但我个人觉得，自然的年龄划分给人的感受未必会很多，倒是另外一些线索上的时间可能更为重要，例如写作多少年、入伍和退伍多少年等等。对你而言，军旅生涯应该是第一重要的事情吧？

卢一萍：是啊，一晃就到了知天命的年龄，但我很少有这个感觉，觉得自己还是那个少年模样。但有时候会突然惊觉，意识到时间的流逝和时间在自己身上产生的变化，从而生出一种紧迫感，会想到死亡这个人人必须面对的结局，觉得人生如"少水鱼"，心里会有隐隐的忧伤。

这个时候，时间的线索会清晰地显现出来。人生短暂，确如草木一秋。追忆起来，感到欣慰的，还是自己对文学的爱好。

记得在上世纪八九十年代，《知音》、《家庭》之类的杂志很火，每期都会刊登"征婚启事"，其中很多人介绍里都有"爱好文学"这一条，有人还会写上"曾发表过作品"，这比现在在城里有房有车还吃香。我就是在那个时候开始爱好上文学的，当时也就十来岁吧，所以也算得上"自幼爱好"了。从我第一次在杂志发表东西起算，我写作也三十多年了，在部队干了二十六年，退出军队到现在，也有六个年头了。

我出生于偏僻的川东北山乡，小时候家里贫穷，在我们老家，改变命运只有两个途径，一是读书，考个中专、大学，成为吃公家饭的人，这样的人凤毛麟角；二是当兵。当兵有可能改变命运，但也只是提供了一个机会而已，我们县那批兵一起到新疆、分在同一个团的，有近八十人，三四年后，混出来的也就两三个，绝大多数人哪来哪去。我是混出来了的那一个。而我混出来，就是因为爱好文学。当时在部队，一个人只要有特长，就会被注意到。我凭着这点文字功夫，入伍不久就到营部当了文书，然后又到团新闻报道组当了报道员，这使我可以读书、写作，1992 年，我发表了第一部中篇小说，接着又发表了第二部，因为这个，考到了解放军艺术学院文学系，这样，就成了军官，算是改变命运了。在边防部队干了三年半，就调到新疆军区文艺创作室做专业作家，一直到离开部队。所以，当兵对我来说，肯定是第一重要的事。

一个人爱好很多，但有一种爱好会决定你的人生、命运，你会把它坚持到底、作为一生要做的工作。文学对我而言，无疑就是这样。我的恩师、散文家周涛先生说过，人一辈子只能干一件事，我觉得他说得很对。

李黎： 你的写作包含了虚构和非虚构，都有很重磅的作品问世，例如长篇小说《白山》、《我的绝代佳人》，非虚构作品《八千湘女上天山》、《流浪生死书》、《祭奠阿里》，等等。两者之间的差异是显而易见的，问题是，你经过长期的写作，有没有觉得两者有相通之处？

卢一萍： 按我粗浅的理解，无论什么文体，作家最首要的任务，就是赋予其文学性。小说在实现这一点上，有更多的手法；非虚构更强调真实性。虚构是小说的灵魂，非虚构的灵魂则是真实性品质。但二者都有对"真实性"的要求，小说通过虚构来塑造真实的人世和这个人世里人类的生存境况；非虚构则通过采访、体验和对材料的消化，来报道、还原一个现实的或历史的事件。

李黎： 如果让你在虚构和非虚构两者之间做取舍，你会选择放弃哪一个？

卢一萍： 肯定是非虚构。我的理想还是做一个小说家。非虚构这个概念在前些年引入并付诸写作实践之前，我们只有"报告文学"，它在我们的文学语境里，是个过于功利的文学体裁，大量作品只有"报告"，"文学"很弱。现在还有大量的类似作品。所以，我志不在此。即使要写，也很警惕，尽可能地体现其"真实性"与"文学性"。后来，"非虚构"这个概念提出来后，相当于是对"报告文学"的叛离，相当于另立了门户，这样做后，出现了不少佳作，我对这些作家及其作品，包括"非虚构"本身，重新有了敬意。

李黎： 在《白山》之前，你写了大量的关于西部的中短篇小说，树立起了一个"边疆军旅作家"的形象，细分起来，我觉得你关于边疆的小说可以分为三类，一是边防战士的日常生活、情感经历和坚守精神，例如《巴娜玛柯》、《哈巴克达坂》、《银绳般的雪》、《最高处的雪原》等等，一类是关于西部人民生活变化和精神风貌的，例如《名叫月光的骏马》、《北京吉普》、《夏巴孜归来》，还有一类我个人觉得特别有趣，就是根据汉唐等时期关于西域文献写成的纯幻想作品，非常地"博尔赫斯"，例如《精绝》、《姑墨上空的云》、《幼狼》。我理解，这样的分类应该是事后总结而非写作规划。

卢一萍：我其实无心树立"边疆军旅作家"这个形象。相反，我在尽力淡化这个标签。一个作家一旦有了某种标签，也就有了某种局限。但我的经历和生活决定了，我要写这些作品，而这些作品又形成了这个形象。这些场域所发生的故事，具有一种独特性，那个场域所在的人类生活，也很少有人进行过文学表达，这是我最先写作它的动力。这些小说中，至少有某个细节和场景，无数次让我感动，所以，我不得不写它。

你这个分类很有意思。前面两类的确不是"主题性"的，就是在若干年间陆续写了、改了，一篇一篇，积攒而成。"很'博尔赫斯'"的这一部分却是我短篇写作的"雄心"，我想依托早已灰飞烟灭的西域三十六国，选择数个，写数个关于"灭亡"的小说，灭亡的方式不一样，但都殊途同归，像宿命一样难以摆脱。但写这样的小说太耗费心力，所以目前只写成了这两篇。

李黎：个人觉得，《哈巴克达坂》、《银绳般的雪》等篇目，对军旅文学有着较大的突破，这些作品在严守纪律、恪守保家卫国精神的基础上，对人的刻画、日常的描绘还有意外事件的呈现，都有着不俗的成绩，而这些是否也正是小说之于军旅的一种责任？

卢一萍：每个作家都在期望突破，一个文学类别也是。但我在小说写作时，其实并没有想到"责任"这个词。之所以写成那样，是因为我所体验、经历的生活本身是那样的，我认识的那些人本来就是那个样子，我只是把他们在纸上临摹下来，做了一些文学加工而已。小说家的责任其实只有一个，那就是在遵循良知的前提下，把小说写好。

李黎：上面说的最后一类，有没有兴趣专门写一本书？这样的题材，本身来自文献，但没有长期在新疆西藏生活过的人，没有感受到古代文明的繁华依旧或者烟消云散，也感受不到其中的魅力，而你在文献、经历和小说三个方面有着特别完美的结合。

卢一萍：如前所说，我的确想完成这个计划。但写这种小说，需要静下心来。我喜欢写那种有着复杂意味的小说，能让读者体味到各种滋味，产生各种感受。

李黎：纵观你的创作，似乎先锋是你的底色？诸如《蝙蝠》、《文殊坊夜遇》等，长篇小说《我的绝代佳人》，甚至《白山》的结构和写法，不仅可以看到你先锋的志趣，似乎也能看到你对先锋写作的不舍和坚持（因为这些篇目写作时，你已经以军旅作家形象而著称了）。

卢一萍：严格意义上讲，我只是在写作中使用了"先锋小说"的一些元素。我是个愿意在文本中加入"异质"元素的人，以此来对在文学探索方面做出贡献的那些作家致敬。

我 1992 年发了中篇小说处女作《远望故乡》，接着又在《昆仑》发表了中篇小说《如歌军旅》，按说，作为一个文学爱好者，应该老老实实按照那种写实的方式写下去，但我当时却对自己的写作产生了不满和怀疑——当然，这也受八十年代"先锋写作"的影响，想做个先锋作家。为此，我写了实验性很强的长篇小说

《黑白》，发表在了九五年的《芙蓉》杂志上，之后又在《芙蓉》发表了中篇小说《寻找回家的路》，接着，1999 年，又写了中篇小说《诗歌课》、《法兰西内衣》，短篇小说《蝙蝠》，当时发表不出来，在这个基础上，写成了长篇小说《我的绝代佳人》。

之所以发生转变，是我的一次长旅。1996 年 7 月，我从解放军艺术学院文学系毕业后，回到新疆军区，被分配到驻帕米尔高原的某边防团任排长。从北京到帕米尔高原，从繁华都市到大荒之地，反差之大，超乎想象。八千里路云和月，路上走了十余天，算是体验到了何为大地，看到了人的生存境况。那个时候，我对自己说，我要实实在在地写这些人，又回归到了对现实的关注。

李黎：你从军队退役、定居成都之后，你一边编辑期刊，一边写作，给我的感觉是高产，涉及面也很广泛，包括了《扶贫志》这本非常有时代感乃至"奉命"的作品，这是非虚构写作的延续，还是作家身份带来的某种任务？对目前的写作状态你个人有什么感受，接下来有什么大的方向？

卢一萍：我的写作可能是算高产，但自己满意的东西却很少，这又算低产了；但其实呢，我写得也不多。我 2000 年开始在部队做专业作家，到 2016 年退役，其间写了一些作品，但发表、出版不了。比如《白山》，我 2007 年开始写，2009 年就写完了，但 2017 年才得以出版；《我的绝代佳人》是 1999 年写给"千禧年"的"献礼"作品，但 2018 年才出版；《祭奠阿里》是 2000 年写的，但 2019 年才由《收获》杂志发表出来。包括不少中短篇小说，比如《诗歌课》、《法兰西内衣》都是之前写的，这几年才发表出来。所以，如果不知道这个情况，还以为都是我最近几年写的，就有了"高产"的印象。

我是这样一个人，很多时候，我都只是按自己的想法写作，至于写出来后，能否发表、出版，我就不管了。如果先想这个，写作就没有什么意思了。我曾经说过，一个作者要写一部分一时难以发表、出版的东西，其实，也就是要给自己一些写作的难度。

我曾经是个军人，"奉命"写作的时候不少，既然是"奉命"，那就必须完成任务。这是军人这个职业的特性决定了的。但我会利用这个机会，深入到这个时代的诸多细节之中，从而更准确地表达这个时代。我的绝大多数素材都是通过这个途径得到的。

我的写作经常在虚构和非虚构之间切换。比如我想了解军人在极边之地的生存，想写一部人在极端环境里如何生存，以表现生命的坚韧与伟大时，我沿西北近八千公里采访了半年，为我的《白山》积累了大量的素材，使每个虚构的情节都可以找到真实的对应点；我之所以答应写《扶贫志》，是因为我离开农村已经三十年，我其实是个"乡土作家"，如果不了解现在的农村，我怎么来写它呢？

所以，我是个行者，愿意走在大地之上，旷野之中。我的阅读很大一部分是对大地的阅读。我写的是大地上的"微尘众"。

我目前的写作状态还不错。我农民出身，从父母那里学到的第一课就是"勤劳"，所以，我是个勤劳的人。从部队退役后，虽然也打了一份做编辑的工，但少了约束，相对比较自由，这是难得的财富。

李黎：西部地区，对没去过和很少去的人而言充满着向往和神秘感，对离开的人而言可谓魂牵梦萦。你虽然离开，但距离非常之近，应该可以随时故地重游。而关于西部的小说，你个人觉得目前为止，是处于开始阶段还是结束时期，今后是否还会写下去？

卢一萍：严格来说，我每时每刻都生活在这个场域、这个语境里。西部是个很大的地理概念，它任何一块小的版图也能承载我的写作理想，足够我用一生来表达，所以，对我来说，我会一直处于开始阶段。

我在新疆二十年的工作与生活，特别是在边地的行走，养成了我游牧人的生活习性，我不会固守在一亩三分地上，而是会赶着汉语言这个羊群，逐文学的水草而居。这也是我迄今的写作面貌显得不那么单纯，而是有些复杂的原因。